LA SEMAINE DES QUATRE JEUDIS

DU MÊME AUTEUR

*

American Gothic, Alma Éditeur, 2013.
Kafka à Paris, Alma Éditeur, 2015.
La Société des faux visages, Alma Éditeur, 2017.
Henry Darger : Dans les royaumes de l'irréel, biographie, Aux forges de Vulcain, 2020.
El Gordo, Alma Éditeur, 2022.
La Vénus anatomique, Mnémos ; label Mu, édition révisée et augmentée, 2025.

Xavier Mauméjean

LA SEMAINE DES QUATRE JEUDIS

ALMA ÉDITEUR

ISBN : 978-2-36279-644-9

À Zelda

Paris est un film produit par un asile d'aliénés.

Sinclair Lewis

On ne voit pas les choses comme elles sont,
on les voit comme nous sommes.

Anaïs Nin

PREMIER JEUDI

Je pense que nous vivons à une époque qui, d'une certaine manière, ressemble à celle des grandes épidémies de peste.

Anaïs Nin

1.

Anaïs pense à son mari. Elle l'appelle Hugo, il la surnomme Chaton. Il la protège, elle s'affiche en épouse respectable. Il fume la pipe et parcourt l'Europe pour ses affaires, elle écrit et voudrait s'évader. Le couple Guiler s'aime, à sa façon. Fidèle par arrangement. Anaïs a obtenu d'Hugo une journée de liberté par semaine, le jeudi. Cinq cent vingt jeudis en dix ans, Anaïs se demande comment elle peut endurer six jours de captivité chaque semaine. Emploi du temps réglé, déjeuners ou dîners avec les clients d'Hugo, galas de bienfaisance en compagnie de leurs épouses, parties de bridge ou de canasta qu'elle s'obstine à perdre, un millier d'obligations. Le tout sans jamais cesser de sourire, Anaïs doit tenir son rang, être à sa place comme on le dit d'un élément de décoration. Elle a l'impression d'exister en pointillé. Mais le jeudi, quel que soit le lieu où Anaïs se trouve dans Paris, c'est exactement l'endroit où elle doit être. Elle y est ailleurs, avec d'autres. Plus je m'écarte de la bonne conduite, plus j'aime Hugo, dit-elle sans chercher d'excuse.

2.

C'est un jour sans. Un de ces jours, assez nombreux ces derniers temps, où Anaïs se sent incapable de penser, et encore moins d'écrire. Elle qui a pourtant l'oreille parfaite n'entend pas la musique des mots. Une journée à faire des confitures, à ravauder des chaussettes, à téléphoner pour qu'on livre le charbon. Mais rien de tout cela aujourd'hui, car c'est jeudi.

Anaïs quitte la chambre située au dernier étage. Ses murs sont peints en gris. Une couleur par pièce de la maison, selon l'humeur, rouge de laque pour la fougue, turquoise pâle pour la rêverie, pêche pour la douceur. Gris pour l'écriture, c'est ici qu'elle tape à la machine, sur une Underwood. Anaïs préfère rédiger à la main, ce qu'elle exprime est plus authentique, et elle peut remplir ses carnets n'importe où. Anaïs les emporte dans le train, l'autobus, chez sa modiste, à la Sorbonne, et même chez le bougnat qui fait charbon et mise de vin en bouteille.

Il faut prévenir la bonne. Emilia, si loyale et distraite, infatigable, toujours vêtue de noir et comme portant son propre deuil, car n'ayant d'autre vie que le dévouement entier à sa maîtresse, approuvant tout d'Anaïs. Toutes les femmes habillées de sombre sont des ombres qui ne veulent pas être consolées. Emilia n'est pas dans le petit salon bleu.

Un feu couve dans la cheminée trouvée aux Arts-Décoratifs, en mosaïque marocaine à motif azur, avec quelques touches d'or. Des poissons exotiques nagent parmi les accessoires en verre de l'aquarium, plantes, cailloux, vaisseau, créés par un souffleur pour Anaïs. Elle se souvient d'avoir lu que la surface de l'océan est le ciel des poissons. Un ciel qui clapote.

Anaïs est du signe des Poissons, elle a commencé à écrire sur un bateau et ses yeux sont couleur d'eau, bleu, gris ou vert comme le béryl. Hugo est Verseau et Henry Miller, Capricorne. Si l'on s'en tient aux astres, elle aurait dû épouser Henry.

Pas d'Emilia dans l'aile gauche où se trouvent les appartements d'Hugo et d'Anaïs. Dans l'aile droite vivent Rosa, sa mère, et son frère Joaquín qui porte le prénom de leur père, a sa sensibilité musicale mais pas son égoïsme. Il joue *L'Isle joyeuse* de Debussy, Emilia n'irait pas le déranger pour faire les poussières.

Soudain la bonne apparaît, cheveux noirs, front bombé, visage asymétrique, paupières lourdes, léger strabisme. Un sourire d'orpheline, avant de demander :

« Madame a téléphoné ?
— Pour ?
— Le charbon.
— Plus tard, j'emmène promener Banquo. »
Emilia comprend que seul le chien rentrera.
« Je vais ouvrir la grille. »

3.

Quatre ans plus tôt, les Guiler ont quitté Paris et leur vaste appartement du 47 boulevard Suchet, pas loin du bois de Boulogne, pour échapper à la peste. Une idée d'Hugo. Le couple a emménagé à l'ouest de la capitale, sur les hauteurs de Louveciennes, au 2bis de la rue de Montbuisson, dans une maison qui a deux cents ans et des fuites de toiture. Ses murs, d'un mètre d'épaisseur, complètement de guingois, supportent un treillis couvert de lierre et de lichen. Ils sont percés de onze fenêtres. Un volet a été placé en plein centre de la façade, pour la symétrie. Il n'y a rien derrière, Anaïs imagine parfois qu'il donne sur une chambre cachée. Une autre pièce à peindre, quelle couleur a le mystère ? Pas de cave, la maison repose à même le sol, y déploie ses racines de pierre, mais ne tient que par Hugo.

Emilia précède Anaïs à petits pas le long d'une allée de gravier. Le bassin à jet d'eau est empli de terre, on dirait une pierre tombale, il faudrait le nettoyer. La bonne ouvre la grille qui grince tout le temps. Quelle que soit l'huile utilisée pour lubrifier les gonds, la maison ne cesse de crier. La grille vient frapper la grosse cloche d'entrée, comme celle d'une vache géante.

Il existe des endroits dans le monde où seul l'ennui rythme la vie. Anaïs se souvient d'Arcachon, l'été de ses onze ans, son père avait loué pour les vacances un château surnommé Les Ruines, construit pour le poète Gabriele D'Annunzio qui l'avait voulu vieux et sinistre, entouré d'arbres crochus. Un décor pour cauchemar hanté, idéal pour le drame qui allait se jouer. Joaquín Nin était un pianiste de renom, ami de Maurice Ravel. Prétextant une tournée de récitals, il avait abandonné femme et enfants. Anaïs était allée chercher une échelle pour escalader les murs et le rattraper. « Non, papa, ne me quitte pas. » Trop tard, elle l'embrasse pour la dernière fois. Depuis, elle cherche les moyens pour se tirer des pièges que lui tend la vie. Ou simplement s'éloigner de Louveciennes.

« À demain, Madame », dit Emilia comme la semaine précédente et celle qui suivra.

Cette nuit, il a plu, la boîte aux lettres est mouillée. Anaïs regarde les cartes envoyées par ses amis, elles semblent détrempées de larmes. Il y a deux jours c'était son anniversaire. Anaïs a pleuré parce qu'à trente ans, une femme doit devenir ce qu'elle refuse d'être, soumise et dépendante. Puis elle a éloigné sa peine avant de s'y résigner. Mieux vaut vivre, souffrir, tromper, ce serait une honte de ne pas être partout.

L'air sent le chèvrefeuille, Anaïs inspire puis siffle entre ses doigts. Banquo dort au fond du jardin, là où les buissons et le lierre poussent en liberté. Il s'ébroue dans un rêve qui sera oublié au réveil. Au signal de sa maîtresse, le chien-loup rapplique.

Anaïs quitte sa maison dont la torpeur est celle d'une prison de province. Elle s'en évade en écrivant, ou avec la permission de sortie du jeudi, pour aller à Paris.

Depuis la petite rue pavée, on entend le train.

4.

À Louveciennes, les châteaux poussent comme des champignons sur les parcs arborés. Domaines de Voisin, de Prunay, de Bellevue, le Cœur volant, appartiennent aux familles Goldschmidt, Rothschild ou aux notables locaux. Les belles demeures sont rarement occupées. Une armée de domestiques et jardiniers les entretient, tandis que cuisinière et chauffeur patientent, au cas où les maîtres viendraient, parfois le dimanche. Tiens, Beauséjour est à vendre.

Anaïs passe devant la maison de madame Chareau qui tient un magasin d'ameublement-décoration.

« Bonjour, madame Guiler », lui meugle-t-elle dans le conduit.

La voisine a une voix de sergent-instructeur, Anaïs répond quelque chose, un souhait de bonne journée qui est chargé à blanc, puis descend la rue de Montbuisson tandis que Banquo file vers la gare. Le chien-loup connaît la destination. Distrait par un vol d'hirondelles il rebrousse chemin, hume l'air, paraît sourire et s'en retourne. Rue de l'Église, puis la grande place où se trouve l'église attendue, admirez son clocher en ardoise, la mairie qu'occupe depuis trois ans Hector Bricout, et l'école de garçons.

Banquo parvient le premier à la voie ferrée. Il renifle les traverses et devient nerveux, à cause de la fillette qui se tient près du landau. Elle a deux ans, le fantôme d'Anaïs refait surface tous les jeudis. Les chiens perçoivent ce genre de choses.

La fillette suit une jeune et jolie femme qui pousse la voiture où est couché le dernier né, Thorvald, un bébé blond aux yeux bleus. La nurse a été engagée par Joaquín Nin. Anaïs lui obéit mais ne l'aime pas, car quand elle l'habille, la coiffe ou l'emmène en promenade, elle ne cesse de répéter :

« Je connais si bien ton père. Je connais *si bien* ton père. »

Le landau longe le bas-côté herbeux, ses roues avant grimpent sur la voie ferrée. Une fois que la voiture est placée entre les rails, la nurse s'adresse à la fillette :

« Je reviens. Attends-moi là et veille sur ton petit frère. »

Puis elle s'en va, comme une amante délaissée.

Banquo tourne la tête vers sa maîtresse. Il entend avant elle le train de banlieue qui arrive à l'heure exacte. Ponctuel comme tous les jeudis, songe Anaïs. Le chien gémit, ses yeux à la bonté noire la pressent d'agir.

Anaïs prend une inspiration profonde puis expire, empêche son esprit de vagabonder jusqu'à parvenir à une zone neutre de la conscience où elle n'appartient plus à personne et se retrouve en soi.

Anaïs entame le décompte à partir de l'année de ses vingt ans, lorsqu'elle épouse Hugo.

À dix-neuf ans, les parents d'Hugo ne veulent pas entendre parler d'Anaïs car elle est pauvre et métèque. Sa famille voudrait pour elle un riche cubain.

À dix-huit ans, Anaïs est invitée à un bal donné par la famille Guiler dans leur maison de Forest Hills. Elle y fait la connaissance d'Hugo, tous deux en oublient de danser.

À dix-sept ans, lors de chaque nouvelle rencontre, il arrive un moment où Anaïs se sent triste, car elle n'entendra plus jamais les premières paroles échangées. Rosa, sa mère, commence à parler mariage, Anaïs aimerait avoir une sœur jumelle que l'on caserait à sa place.

À seize ans, sa mère l'appelle Fifille, choisit ses robes et la garde à la maison, parce que c'est là que les femmes honnêtes sont heureuses. Anaïs n'est jamais sortie seule avec un garçon, mais lorsqu'elle va faire les courses, coiffée de son béret blanc, les jeunes de son âge se retournent et la saluent d'un « Hello White Cap ! » qui lui fait accélérer le pas. Anaïs rêve d'un amoureux très pauvre qui aurait besoin d'elle.

À quinze ans, elle veut être Jeanne d'Arc, puis Don Quichotte.

À quatorze ans, Anaïs lit chaque matin les journaux. Les États-Unis sont entrés en guerre. Elle estime avoir du sang de poilu dans les veines et s'inquiète pour la France.

À treize ans, elle abandonne sa foi en Dieu car il ne lui a pas rendu son père pour son anniversaire.

À douze ans, elle se rend chaque jour à la bibliothèque publique pour lire les livres par ordre alphabétique. Elle savoure *Claudine à l'école* mais découvre que Colette détestait une fille qui s'appelait Anaïs.

À onze ans, lorsque Joaquín les abandonne, elle estime ne pas mériter ses cadeaux de Noël. Rosa renonce à sa carrière de cantatrice et embarque Anaïs et les deux garçons sur le paquebot *Montserrat*, radeau du naufrage conjugal. Une traversée de dix-sept jours, de Barcelone à New York. Anaïs y commence son Journal, au début de simples feuilles volantes reliées dans un cahier. Il est une île où elle trouve refuge. Parvenue à destination sous une pluie torrentielle, Rosa s'installe chez ses sœurs, loue un appartement quand elle ne les supporte plus, puis finit par acheter une maison en grès rouge de cinq étages au 158 West, 75th Street. Sept chambres, trois salles de bains, mais Rosa et les enfants vivent dans la salle à manger et à l'office, le reste est réservé aux locataires car il faut faire rentrer l'argent. Anaïs tolère la grande ville, mais sans plus. Ses seuls plaisirs sont lire, se souvenir et écrire. Elle entame une pièce de théâtre, l'histoire d'un père aveugle à qui sa fille décrit le monde. Un jour il recouvre la vue, constate que la réalité est décevante, et veut la transformer en rêves qu'elle lui a offerts. Lorsqu'Anaïs néglige les pages du Journal, elle lui présente des excuses, assure ne pas vouloir d'autres amis, exception faite, peut-être, des peupliers qui bordent le chemin de la maison. Anaïs leur parle, s'inquiète de leur santé à chaque changement de saison. Elle a souvent l'impression d'être une feuille qui n'a pas trouvé son arbre.

À dix ans, elle veut diriger un orphelinat pour s'occuper d'enfants abandonnés, sans en avoir elle-même.

À neuf ans, Anaïs manque mourir d'une péritonite mais s'imagine être une malade imaginaire. Un médecin affirme qu'elle ne marchera jamais plus. Anaïs réclame des crayons et du papier pour faire le portrait de tous les membres de sa famille. Elle prend des notes dans un joli carnet sur lequel est écrit *Membre de l'Académie française*. Durant ses longs mois de convalescence elle devient très maigre, se punit d'aimer ses jouets, s'interdit toutes sucreries, s'exerce au silence, aspire à la sainteté. Tout cela vole en éclats lorsqu'elle découvre Alexandre Dumas. La tête pleine d'intrigues et de romances, elle mêle un peu d'encre et de teinture dans les racines d'une tulipe qui devient noire.

À huit ans, Joaquín prend l'habitude de dire à sa fille qu'elle est une petite fille laide. Comme son père l'aime, elle le croit.

À sept ans, Anaïs et ses deux frères se retrouvent souvent dans la mansarde pour être fouettés par leur père. Rosa pleure dans la pièce à côté. Joaquín s'en prend d'abord aux garçons, puis les congédie avant de rester seul avec Anaïs. Les enfants se réfugient dans leur cache secrète, une maison à l'intérieur de la maison, sous la table ronde de la bibliothèque, recouverte d'un tapis vert à franges.

À six ans, la famille part vivre à Bruxelles où Joaquín devient professeur à l'université. Anaïs porte à sa chevelure un nœud bleu, posé comme un papillon. Lorsqu'elle se regarde dans la glace, le visage ne sourit pas.

À cinq ans, Anaïs invite les gens qui passent dans sa rue à prendre le thé. En leur présence, peut-être que ses parents hésiteront à se disputer. Les querelles emplissent la maison, soudain Joaquín joue du piano et Rosa commence à chanter. Jusqu'à la prochaine fois.

À quatre ans, Rosa et ses enfants vivent à Saint-Cloud tandis que Joaquín fait le joli cœur à La Havane. Anaïs pose des questions, sa mère lui dit qu'elle lui répondra plus tard, quand elle sera en âge de comprendre, c'est-à-dire d'accorder à l'amour moins d'importance qu'il n'en a.

À trois ans, Anaïs veut savoir comment les plantes poussent. Elle creuse la terre et reste des heures à observer les graines. Son grand-père meurt, elle n'en a aucun souvenir.

À deux ans, elle se promène avec la nurse et son petit frère le long de la voie ferrée.

L'Anaïs du présent prend une profonde inspiration qu'elle exhale lentement. Le paradis de l'enfance est une invention, parce qu'elle était triste.

« C'est en faisant semblant que je me suis amusée moi-même. »

Les mots, à peine murmurés, se dissolvent dans la vapeur de son souffle. Anaïs doit associer ses âges, les faire jouer ensemble, permutations et interversions, puis il lui faut réagencer le tout en vue d'influencer les futurs, à l'embranchement des voies. Le train se rapproche.

Mentalement, Anaïs visualise une ligne et la maintient droite. Une fois stabilisée, elle la colore de pêche et se concentre pour en ajouter une autre, parallèle et rouge. Douceur et fougue, elles semblent flotter dans l'air. Anaïs les superpose aux rails, deux lignes de force qui viennent frapper la fillette qu'elle était. Elle hurle, ses cris alertent le garde-barrière qui se précipite hors de sa guérite, dégage le landau et sauve les enfants.

Le train arrive en gare, Banquo remue la queue puis s'en retourne à la maison.

Il faudra recommencer jeudi prochain.

5.

Le garde-barrière a évité la tragédie, Joaquín témoigne sa reconnaissance en couvrant de cadeaux les lits de ses sept enfants. Aujourd'hui, Anaïs achète un billet au chef de gare, fait l'appoint et prend des tickets de tombola qu'elle lui offre aussitôt. L'employé de la Compagnie la remercie, selon un rituel hebdomadaire bien rodé, par simple habitude.

Direction Saint-Lazare. Anaïs sourit en voyant la femme au parapluie à tête de canard, le monsieur au chapeau de feutre taupé la salue, avant de s'asseoir comme toujours sur la banquette du fond. Les habitués du jeudi, jamais un mot échangé, Anaïs ne les connaît que de vue. Lorsque le train démarre, elle cesse d'être Mrs Guiler ou Miss Nin et devient Linotte, sa personnalité cachée. Elle ôte son alliance et la remplace par un anneau indien orné de minuscules clochettes. C'est son passe de sortie. Il vaut pour mise à exécution et l'autorise à se rendre à Paris. Sans aucune condition, sinon de revenir à Hugo.

Anaïs regarde à travers la fenêtre du wagon. Le tortillard roule lentement, ce qui favorise les rêveries. On peut être mille femmes en rêve, voler vers d'autres amours, mais il ne faut en réaliser aucun complètement, car sinon la réalité vous rattrape. Heureusement, Paris et sa peste vous protègent.

La peste est apparue au tournant du siècle, à l'insu des habitants, telle une myopie qui s'installe sans que l'on s'en avise. Tout le monde s'est retrouvé malade d'imagination puisque chacun en est doté.

Jusqu'alors, d'après Hugo, les gens se souvenaient de choses vécues dont ils conservaient les images. Parfois, ils se permettaient quelques fantaisies, comme déplacer en esprit un troquet du boulevard Raspail à Garges-lès-Gonesse, ou effacer d'un repas familial le vieil oncle encombrant. Ça n'allait pas beaucoup plus loin.

Et puis, sous l'effet de la maladie issue des mondes hors du monde, ces *hypermondes* comme les appelle Paul Valéry, l'imagination est devenue créatrice. Elle s'est emparée du contenu des cervelles jusqu'à le déformer et le tordre afin d'en extraire des fictions. Généralement, sans que la personne s'en avise. Cela serait demeuré discret si les sécrétions mentales ne s'étaient pas matérialisées en une abondance d'entités, faisant de chaque Parisien un roman humain. Depuis, il suffit qu'un quidam parle, au comptoir, dans un lit ou à l'Assemblée, pour que ses fantaisies se répandent.

Vendeurs de journaux qui apostrophent à la criée « Dernière toute fraîche, demandez la dernière ! »,

Vendeurs à la sauvette « Chauds les marrons, chauds ! »,

Rémouleurs, vitriers, bouquetières et modistes, rehausseur de tabourets, tondeur pour chiens de la rue Brancion,

Poinçonneur sur sa plateforme d'autobus,

Porteurs de literie et sommiers, déménageurs,

Fort des Halles meuglant comme la bête qu'il charge au petit matin,

Trimardeur des Batignolles aux mains rougies par les bourriches,

Cordonnier pied-bot de la rue Jean-Dolent qui depuis sa boutique en sous-sol voit passer des pieds empressés,

Putain à la jambe de bois qui tapine devant le Gaumont-Palace,

Employé du gaz, homme-sandwich distribuant des prospectus, plombier-zingueur, marchande des quatre-saisons,

Fouille-poubelles qui fait du rebut des trésors avant de les fourguer ailleurs,

Jusqu'à la vendeuse d'horoscopes tirant les oracles du jour de son vieux cabas à prévisions,

Tous sont les diffuseurs de l'épidémie, le plus souvent sans le savoir.

On téléphone, on télégraphe, on taille le bout de gras au comptoir, ainsi de proche en proche, les états mentaux prennent corps et se projettent. Au fil d'un hasardeux processus continu, chacun finit tôt ou tard par être contaminé.

Anaïs préfère l'infection à l'asepsie de Louveciennes.

6.

Tout a commencé avec L'Homme de Fontainebleau. Le patient zéro, M.***, anonymat de rigueur pour ce cas d'espèce qui déroute la médecine moderne. Anaïs connaît ses heurs et malheurs par cœur, Hugo l'évoque souvent car il s'y retrouve.

M.***, 37 ans, la mise élégante et affable, est agent à La Générale Financière, sise au 22 rue de la Paix. Il est spécialisé dans les appels de fonds, mécanisme d'achats et ventes, constitution d'un capital, flux de trésorerie et valeurs. Hugo est directeur adjoint pour la France de la National City Bank. Il occupe un bureau meublé Empire au siège parisien, 41 boulevard Haussmann. Tous deux incarnent l'essence même du sérieux.

Le dimanche, M.*** a l'habitude de prendre le train spécial en compagnie de son épouse Arlette, direction Fontainebleau. Là, ils en visitent le palais, marquant une prédilection pour la cour du Cheval Blanc, copie en plâtre du destrier de Marc Aurèle à Rome. Puis le couple se promène dans les sentiers de l'immense forêt, croisant les vélocipédistes du Touring Club, avant de déjeuner à l'auberge du Cor Joyeux, préférée au café-restaurant des Négociants qui rappelle trop le travail en semaine. M.*** et Arlette remontent ensuite la rue Grande, s'arrêtent pâtisserie Leprince pour s'offrir deux glaces parfumées à la liqueur avant de s'en retourner au train.

Cette échappée hebdomadaire nourrit d'aimables projets comme en font les jeunes mariés. « Nous vivrons plus tard à Fontainebleau, y ferons bâtir notre maison aux allures de châteaux en Espagne. » À ceci près que M.*** ne va pas plus loin que rue Grande, où ses fantasmagories lui inventent un foyer, tenu par un simulacre d'épouse, une fausse Arlette qui, elle au moins, ne s'obstine pas à nier sa vie inventée. M.***, que rien ne prédisposait aux effervescences mentales causées par la fièvre artistique, finit comme de juste à l'asile de fous. Lorsque, au moins les premiers temps, des anciennes connaissances s'inquiètent auprès de la véritable Arlette, elle répond : « Il est à Fontainebleau. »

Hugo en médite l'exemple qu'il étend à son cas, par analogie. D'autant que son âme d'artiste réprimé offre un terrain propice à la peste. Jadis, il a été l'ami des peintres Yves Tanguy et Max Ernst. Entre deux placements fiduciaires, Hugo rêve de tourner des films d'avant-garde. Ce qui arriverait s'il restait à Paris. Infecté par la peste, Hugo développerait son talent pour les arts. Quand la valeur d'un homme repose sur sa gestion des valeurs, la finance tient lieu d'éthique, et l'on ne peut se réclamer d'une morale à mi-temps. Hugo deviendrait non pas une moitié de banquier, mais un imposteur parmi ses pairs. On finirait par le renvoyer. Mais alors d'où viendrait l'argent, qui protégerait Anaïs et la laisserait écrire ? Sans compter la famille Guiler, Bostoniens aux principes corsetés qui ne l'admettraient pas, comme ils avaient condamné son mariage, décidé sur un coup de tête, avec cette fille bohème, évaporée. Le père d'Hugo l'a renié, et puis il est mort sans se réconcilier avec son fils. Un sujet dont Hugo ne veut pas parler.

Tout cela explique ses craintes et l'exil à Louveciennes. Anaïs sera artiste pour deux.

7.

Sans vouloir à tout prix endiguer l'inexplicable, force est de constater que la peste s'en prend surtout aux Américains. La Jabberwhorl Cronstadt, dont le siège social se trouve à Kalamazoo, Michigan, s'intéresse à leur cas. On ne sait s'il s'agit d'une agence gouvernementale ou d'une entreprise privée. Même Hugo l'ignore, qui travaille parfois pour l'antenne française, située rue de Rome. La Jabberwhorl a pour devise « We observe America » et tient des dossiers sur tous les citoyens des États-Unis prolongeant leur séjour à Paris.

T. S. Eliot, vingt-deux ans, arrache de haute lutte à ses parents une année à Paris. En octobre 1910 il quitte Boston et loge chez madame Casaubon, au 15bis rue Saint-Jacques. Eliot découvre Bubu de Montparnasse, *Belphégor*, fréquente Man Ray, écrit des poèmes obscènes, invente le terme *bullshit*, belle contribution au patrimoine mondial de l'injure.

Éclate la Grande Guerre. John Dos Passos et Edward Estlin Cummings, compagnons d'études à Harvard, s'engagent comme ambulanciers militaires. William Seabrook les suit, ainsi qu'Ernest Hemingway dans la Croix-Rouge italienne, et Sylvia Beach dans l'américaine. James Norman Hall, vétéran de l'escadrille Lafayette, et William Faulkner aux blessures inventées, tous s'installent à Paris.

Suivent les années 1920, dites folles. Elles attirent comme un aimant Francis Scott Fitzgerald et Ezra Pound pour qui Paris est le paradis des artistes quel qu'en soit leur mérite. La génération perdue s'égare dans la Ville lumière pour enfin se trouver. Car sans la peste qui les a faits artistes, rentrés chez eux ils auraient été dentistes, déclare Gertrude Stein.

La sibylle de Montparnasse, née en Pennsylvanie, dévide ses oracles au 27 rue de Fleurus, entourée de ses tableaux de Matisse, Cézanne et Picasso. Selon elle, la flânerie parisienne, boulevards ou venelles, modifie la géographie de l'esprit. Jusqu'à révéler un nouveau paysage où, loin des convenances de la mère patrie, on peut vivre en romancier, peintre ou sculpteur. L'autobiographie de tout le monde y gagne.

Henry Miller ne dit pas autre chose. L'apprenti-écrivain arrivé à Paris en mars 1930, l'ancien amant resté ami, Anaïs l'a entendu répéter mille fois, avec force jurons, que chaque maison de la capitale a son lot de créateurs, le compte en grossissant d'une rue à l'autre jusqu'à former une masse d'hommes et de femmes qui font de l'art comme d'autres un rhume. Probablement à cause d'un je-ne-sais-quoi dans l'air, l'atmosphère confinée des siècles durant, sans que les voies claires taillées par le baron Haussmann changent la donne.

« Ça grise les têtes, assure Henry, mieux que l'opium, au point qu'on doit faire effort pour ne pas s'embrumer l'esprit. Tu as déjà écouté les concierges ? Même les bignolles à traîne-patins improvisent des tirades inspirées ! Et ne parlons même pas de la cuisine… »

Henry adore manger. À Paris, on y parvient convenablement avec peu. Un dollar vaut vingt-six francs, pour deux dollars on dîne chez Lapérouse. Henry collectionne les menus des repas qu'il ne peut s'offrir et retouche sa liste, selon les envies du moment :

Saucisson brioché,
Quenelles de brochet,
Gigot d'agneau lardé d'anchois, tel qu'on le demandait,
Tête de veau sauce ravigote,
Daube provençale,
Pintadou,
Truffes sous la cendre.

Le tout accompagné de bordeaux, d'armagnac et de champagne, car il ne coûte rien de rêver. Henry admire Abbott Joseph Liebling. Né en 1904, fils d'un immigré juif allemand qui a fait fortune dans la fourrure, il étudie à Darmouth puis à Columbia avant de tenir la rubrique sportive du *New York Times*. Son destin semble tout tracé jusqu'à ce qu'il se pique de passer une année en Sorbonne. Là, fréquentant les grandes tables, mais aussi bouillons et caboulots, bref tout ce qui fait l'*Art de vivre* comme seuls disent les étrangers, Liebling attrape la peste, de maigre tourne à l'obèse, et laisse tout tomber pour devenir le premier critique gastronomique américain digne d'intérêt. Henry le tient pour un héros.

« La peste frappe à la tête et au ventre, affirme Henry.

— Au cœur aussi, répond Anaïs. L'érotisme de Paris m'a éveillée. »

8.

Anaïs parvient à la gare Saint-Lazare. Deux agents de police ont passé les menottes à un homme mal fagoté, au regard fuyant. Tous trois se tiennent devant les pissotières. Un usager en sort, la trogne aubergine, tire le haut du pantalon pour remettre ses choses à leur place. Il regarde le prévenu et s'esclaffe.

« Eh ben, pétard, dommage que tu te sois fait serrer, parce qu'avec ce que je viens de pleurer, t'aurais pu souper au vin ! »

Anaïs se souvient alors qu'ici, et pas dans une autre gare selon Henry Miller, quelqu'un dépose tous les matins du pain dans les urinoirs. Tranches ou quignon, peu importe, du moment que le pain des pisses soit éclaboussé et ramassé à la fin du jour, pour servir de dîner.

Henry raffole des latrines, au point de dérouter son chemin pour en découvrir de nouvelles. Celles du boulevard Arago en face de la prison, de la rue d'Assas où deux hommes peuvent échanger des caresses fugitives en faisant la tasse, il pourrait en écrire un guide. Sa préférence va peut-être à la vespasienne plantée près du jardin du Luxembourg, un petit kiosque rond couvert de graffiti obscènes, criblé de trous que bourre du papier hygiénique. Il suffit qu'un doigt voyeur l'en retire pour se retrouver au spectacle, en première loge du fait intime, branlette ou miction.

La peste imaginative offre parfois de curieux détours.

9.

Anaïs observe l'hôtel particulier de trois étages, situé au 67 rue de l'Assomption. Elle se tient sur le trottoir d'en face et fume une Gitane. Le goût âcre du tabac brun l'indispose, mais l'illustration du paquet lui ressemble, lorsqu'elle est Anita Aguilera, portant mantille, robe rouge et peigne en écaille de tortue, qui suit les cours de danse espagnole du professeur Mirallés. Là, dans le froid sec du matin, Anaïs a l'impression de se consumer elle-même. Son existence part en fumée, en partie parce qu'elle l'a décidé.

Elle jette le mégot et s'apprête à traverser la rue. Les boueux lavent à grands jets le pavé couvert de crottin. Un cycliste pédale à vive allure, hors d'haleine, tout en évitant les projections d'eaux souillées. Il s'en va rejoindre ses copains à Issoire, à moins que ce ne fût Ambert. Anaïs l'oublie aussitôt, parce que la vie est pleine de ces rencontres fugaces qui ne présentent aucun intérêt, le Journal ne peut tout rapporter.

Anaïs s'engage dans le petit jardin à l'avant puis sonne. La bonne ouvre, l'air impassible, comme tous les jeudis. A-t-elle la même retenue pour chaque visiteur qui s'annonce ?

« Le docteur Allendy va vous recevoir. »

René Allendy, quarante-quatre ans, l'un des fondateurs de la Société psychanalytique de Paris et féru d'alchimie. Il compte parmi ses patients Antonin Artaud. Anaïs l'a croisé une fois, dans la salle d'attente. Il lisait un carnet vierge à voix basse, mastiquant ses propres mots avant qu'ils ne lui échappent, pour les détruire.

Anaïs suit la domestique le long du vestibule noyé dans la pénombre, jusqu'à un cabinet aux murs insonorisés, sauf un qui donne sur la serre. Lourde tenture chinoise, noire et brodée de fil d'or, elle dissimule une porte à glissière. Grand bureau surmonté d'une lampe à abat-jour, petite bibliothèque, fauteuils de velours marron, tapis sang-de-bœuf, l'ensemble tient du tombeau tranquille.

Le jour n'arrive que par la serre. Ses vitres, teintées de vert, créent une ambiance sous-marine à la lumière incertaine, d'un glauque tamisé, comme l'antichambre de l'inconscient. Anaïs détaille la flore luxuriante disposée autour d'un chemin de galets qui encercle un petit bassin où nagent des poissons tropicaux, semblables à ceux de Louveciennes. Peut-être sont-ils parents. Cela doit faire bizarre de respirer par une fente de chaque côté.

Les chats ne vont plus tarder. On ne sait comment ils parviennent à rentrer dans la maison. Probablement en maraude, par les rêves des patients. Anaïs songe alors à la Femme aux chats qui vit à Louveciennes, rue de Voisins. Toujours la phrase aimable, elle a l'air parfaitement normal quand on la croise dans la rue, à la mercerie ou chez le boucher qui lui garde du mou pour ses bêtes. Mais une fois rentrée à la maison, elle devient l'esclave consentante de la ribambelle féline, trente-deux au dernier recensement, qui s'égaye et chahute de fond en comble, pire qu'un jardin d'enfants. L'odeur d'ammoniaque vous saisit à la gorge, le facteur s'en trouve incommodé à chacune de ses tournées, tandis que les mâles copulent à couilles rabattues en se livrant à un joyeux inceste. Au point que peut-être, en cet endroit, les chats évoluent autrement et peuvent se déplacer dans le temps et l'espace jusqu'au cabinet d'Allendy.

En voilà un qui s'annonce. Anaïs voit le matou de rue, pelé et borgne, donner des coups de patte dans l'eau, tel un marinier de la fluviale qui pêche à la gaffe les suicidés du canal Saint-Martin. Anaïs aime les chats. Son père les tuait à coups de canne, frappait neuf fois, une vie après l'autre. Henry Miller ne prend pas la peine de nourrir ceux qui sont abandonnés, mais il accepte d'être entretenu par Anaïs. Le docteur Allendy voudrait qu'elle rompe avec lui. Anaïs souhaiterait qu'Hugo blesse Henry et qu'il s'en prenne au thérapeute.

Anaïs commence à s'impatienter, elle n'aime pas les lieux silencieux. Elle manipule les statuettes sur le bureau, remarque une grosse pièce en or, gravée à l'effigie d'une femme couronnée de plumes. Émise en 1870, elle vaut trois dollars, Anaïs ignorait qu'une telle monnaie existât.

René Allendy ouvre la porte à glissière, écarte la tenture chinoise, se tient debout. Grand, large de carrure, front haut, les traits marqués, une barbe de patriarche qui lui donne l'air moujik, il en parle d'ailleurs la langue, Allendy consulte la montre qui pend à la chaîne de son gilet puis fixe Anaïs de ses yeux bleu marine, un regard pour boule de cristal.

« Prenez place, mon petit. »

Anaïs s'assoit sur un fauteuil en velours, toujours le même, un petit cendrier est posé sur le bras gauche. Allendy se place derrière elle, là où rien ne trahit sa présence.

La partie s'engage.

10.

« J'ai décidé qu'il vaut mieux n'aimer personne. Parce que lorsqu'on aime, il faut ensuite se séparer, et cela fait trop mal.

— Cette résolution inclut-elle votre mari ? demande Allendy.

— Non.

— Et Henry Miller ? »

Anaïs hésite. Elle a de la tendresse pour Henry, respecte l'écrivain et c'est un formidable baiseur. Mais de l'amour ?

« Il y a beaucoup de place dans mon cœur, dit-elle, pourtant je n'ai de sentiments profonds que pour peu de gens.

— Pourquoi ?

— Parce ce que je ne peux vivre complètement pour quelqu'un d'autre.

— Pourquoi ? »

Allendy commence à l'agacer.

« Par peur d'être abandonnée. Comme cela finit toujours par se produire, j'anticipe. Quand on a été blessé, on s'en va aussi loin que possible de la blessure. »

Anaïs entend le médecin ricaner. Cela lui arrive souvent car il affirme tout deviner. Allendy observe sa patiente, un mètre soixante et quelques de séduction, portant tailleur de chez Schiaparelli.

« Je n'en crois rien. Vous désirez être aimée. Votre apparence, ce que vous portez, votre façon de marcher, de vous tenir, est séduisante. Toute cette atmosphère troublante est de la pose. Vous souhaitez plaire, mais lorsque vous y parvenez, quelque chose vous arrête.

— C'est féminin d'être oblique.

— Tss, tss, ce besoin du bon mot, de la justification rapide, vous jouez à la femme fatale qui veut démontrer son pouvoir. Il n'y a que les gens inquiets qui désirent charmer. »

Contrariée, Anaïs pense à l'épouse d'Henry Miller. Que ferait June à sa place ? Elle balancerait son poing à la face du médecin. Non, June ne serait jamais allée le consulter.

« Vous êtes comme ces gens qui veulent s'enfuir de l'existence et préfèrent le rêve à la vie. Et croyez-moi, j'en vois passer dans mon cabinet. On peut voler en rêve, tuer, être amoureuse de son père. Mais à la fin, il faut se réveiller. »

Le médecin a tort, Anaïs est devenue méfiante à l'égard des rêves. Longtemps elle s'y est réfugiée, les tenant pour sa vraie vie dont elle ne conservait qu'un souvenir trop diffus, alors que quantité de choses agréables et bien réelles lui passaient sous le nez. Et puis ils n'ont d'intérêt que pour le rêveur. Racontez-en un et vous ennuierez les gens. Y compris Allendy. Amoureuse de son père, a-t-il dit. Quel mufle.

Anaïs sait que, durant la Grande Guerre, il a été gazé. Elle allume une cigarette, aussitôt il commence à tousser.

« Qu'est-ce qui cloche chez moi ? Je ne suis pas névrosée. Si je l'étais, je n'aurais pas si joliment décoré ma maison ou écrit un livre. »

L'année dernière, Anaïs a publié un essai sur D. H. Lawrence chez l'éditeur Edward W. Titus. Tirage à cinq cents exemplaires, la maison a fait faillite dans les mois qui ont suivi. Anaïs pense que c'est peut-être sa faute, que tout ce qu'elle écrit ne trouvera jamais de lecteurs, et que si elle y parvient, cela ne changera rien à leur vie. Mais inutile d'en aviser Allendy.

Entre deux quintes, la respiration sifflante, le médecin contre-esquive.

« Les livres, parlons-en. Vous essayez de vivre un roman plutôt que votre vie. »

Allendy n'apprécie guère la fiction et en lit comme s'il disséquait un cadavre. Elle lui semble insipide, en regard des existences qui se dévoilent durant les séances. Pourtant, le médecin est ami avec de nombreux artistes, mais c'est à peine s'il les fréquente. Lorsqu'il souhaite avoir de leurs nouvelles, Allendy ouvre le premier livre qui lui tombe sous la main et parcourt une phrase au hasard.

« Vous ne me prenez pas au sérieux, dit Anaïs en écrasant sa cigarette dans le petit cendrier.

— Uniquement quand vous débitez des sornettes, et vos mensonges sont des jeux. Jouer est facile, mais savoir s'arrêter… »

C'est vrai, Anaïs ment souvent, pour pimenter sa vie ou simplement la supporter. Et quand son mensonge risque d'être découvert, elle en invente un meilleur, comme un comédien change de costume. Elle alterne simples dénégations, inventions, non-dits, et surtout demi-vérités qui sont les plus efficaces. Tout le secret de l'affaire est de ne jamais s'y lancer à l'improviste. Anaïs se demande d'abord « Qu'éprouverais-je si c'était vrai ? ». Alors elle peut y croire.

Pourquoi ne pas simuler quand il s'agit de cacher des honnêtetés insupportables ? Les gens ne doivent pas être blessés, comme le fait Henry qui peut meurtrir d'une phrase. Anaïs fait attention à tout ce qu'elle dit, au moyen d'une passoire morale qui lui permet de filtrer les souffrances et protéger ceux qu'elle aime, même s'ils ne sont pas toujours reconnaissants. Elle ne veut pas faire de peine à Hugo et doit sans cesse veiller sur son ange gardien.

Le seul à qui Anaïs ne ment pas est son Journal. Dans ses pages, souvent maculées de café, ou de rouge à lèvres quand elle lui accorde un baiser, elle raconte ce qui l'a frappée le jour même, les événements tels que sa mémoire les rapporte, d'une vérité sincère mais déjà retouchée, sans jamais une rature. Anaïs ne sait pas ce qui est arrivé avant de l'avoir couché sur papier. Le Journal pourrait faire mal, c'est de la dynamite. Lorsque l'on écrit, il faudrait mettre la vérité entre parenthèses, pour l'empêcher d'exploser. Anaïs n'en emploie pratiquement jamais et préfère enfermer le Journal derrière la paroi cachée d'un tiroir dont elle porte la clef autour du cou, suspendue à une chaîne en or. D'ailleurs, l'année dernière, au mois de février, elle en a entamé un faux, à la reliure en cuir vert, qu'elle laisse traîner bien en évidence dans la bibliothèque, afin que tout le monde puisse le lire. Mener une double vie oblige à écrire deux fois.

Allendy rompt le silence.

« Allons, que cachez-vous derrière ces apparents mystères ?

— Ma plus grande crainte est de me révéler fragile. Je ne montre que l'épouse, l'amie, la fille ou la sœur.

— Si vous laissiez apparaître la véritable Anaïs, risqueriez-vous d'être moins aimée ?

— J'ai toujours eu peur de devenir une de ces femmes qui sont dominées par les hommes. »

Anaïs entend derrière elle le crayon qui court sur la page. Allendy ne prend jamais de notes. Un jour, elle a entrevu son carnet. Le médecin l'y avait esquissée, cheveux noir corbeau et silhouette mince, au ventre de papier toutefois rebondi, d'où sortait une sorte de long cordon. Allendy avait expliqué que, selon lui, chacun porte son destin dans les viscères, et qu'il suffit de l'en faire sortir, comme l'araignée dévide son fil de l'abdomen puis le tisse. Anaïs en a fait des cauchemars où, transformée en tarentule, elle dévorait Hugo.

« Quelle femme avez-vous connue qui soit dominée par un homme ? » demande Allendy.

Ah, nous y sommes, le passage obligé.

« Ma mère. Elle n'a eu qu'un seul amour dans sa vie et était à sa merci. »

Du jour où Joaquín est parti, Rosa est devenue veuve. Ses enfants ont perdu leur père, seul comptait son chagrin. Égoïsme et méchanceté se sont ajoutés à l'orgueil déjà là. « Je ne serai plus jamais avec un homme », disait-elle avec rage, mais qui en voudrait ? Joaquín préférait la sœur de Rosa qu'il trouvait plus jolie, mais il l'avait choisie elle pour son courage et sa force. Rosa le savait, ne voulait plus vivre, au moins a-t-elle assuré l'existence d'Anaïs et ses frères. Comme elle a pu, sans amour, par devoir qui est très vite devenu une routine. Une main à gifles, pas à bonbons. La vie est une succession de combats, ne cessait-elle de répéter, pour l'argent, la santé et le bonheur, tous perdus d'avance. Et puis un jour tu comprendras tout ça, ma fille, avec ou sans parents, les enfants grandissent.

« Quand son mari l'a abandonnée, reprend Anaïs, elle a éprouvé de la haine mais lui est restée fidèle. Lorsque, bien plus tard, je lui ai demandé pourquoi, elle m'a répondu qu'après l'avoir connu, tous les hommes lui semblaient ennuyeux. »

Le médecin savoure la réponse, douce-amère comme une liqueur espagnole.

« Elle a donc passé le reste de sa vie à le haïr, et à craindre son influence sur vous. »

C'est vrai, sa mère était jalouse de la petite fille qui écrit trop, des mots destinés à l'absent, qui ne seront jamais lus. Rosa ne veut rien envoyer car, de toute façon, crois-moi Anaïs, la Poste le perdra.

« Vous culpabilisez d'avoir tellement aimé un père qui a quitté le foyer. Lorsque vous étiez fillette, enviez-vous les femmes qu'il séduisait ? »

Anaïs songe à la nurse qui coince le landau sur les rails.

« Vous craignez la cruauté des hommes plus âgés, poursuit Allendy. C'est pourquoi vous cherchez à les séduire sans vous donner.

— Des hommes tels que vous ? » assène Anaïs.

Allendy laisse planer un silence. Il ne répond jamais aux questions directes. Anaïs verse une larme, ouvre son poudrier afin que le médecin la voie dans le miroir. Allendy réagit au reflet, non à sa patiente, comme s'il y découvrait enfin la véritable Anaïs.

« M'en voulez-vous de vous avoir fait pleurer ? » demande-t-il.

Anaïs pleure à la demande. Elle a découvert que, lorsqu'elle se regarde faire, les larmes cessent de couler d'elles-mêmes.

« Non, je crois que cela m'a plu. Mais aujourd'hui, je vous hais.

— Pourquoi donc ? » s'étonne le médecin.

L'oreille parfaite d'Anaïs lui permet d'utiliser deux timbres de voix. L'un est grave et riche, assuré, une voix de gorge, elle imite d'ailleurs très bien Louis Armstrong. L'autre est aigu et presque aphone, celui d'une enfant timide qu'elle fait entendre à Allendy :

« Je me sens humiliée de m'être confiée, vous m'avez retiré le peu d'assurance que j'ai. Y aurait-il quelque chose d'anormal dans ma si grande envie d'être aimée et comprise ? »

Anaïs feint d'être plus sincère qu'elle ne l'est. En réalité, elle songe à la montre sertie sur un bracelet russe qu'elle doit faire réparer.

Le médecin, troublé, mord à l'hameçon.

« Eh bien, votre originalité a pu rebuter les gens. L'étrangeté fait toujours peur.

— C'est vrai, docteur, vous m'effrayez.

— Moi ? »

Anaïs entend la mine de crayon se casser. Elle marque une pause, juste le temps qu'il faut, puis repasse à l'attaque.

« Oui, je devine en vous une terrible force intérieure, mais pour le reste, vous m'êtes complètement étranger.

— Et c'est très bien ainsi, répond Allendy. Il vaut mieux que je reste une image impersonnelle.

— Je suis curieuse d'en savoir plus.

— Cela n'arrivera pas, je ne puis vous répondre dans l'intérêt de l'analyse. Connaître ma vie intime ne vous aidera en rien. »

Anaïs avait prévu sa réaction. Elle opte pour un ton frivole, celui d'une épouse de banquier délurée lors d'un dîner en ville.

« J'aimerais tellement savoir s'il vous arrive d'être agité, si vous passez une nuit blanche après avoir fait la tournée des boîtes de nuit, si vous avez des maîtresses…

— Vous me testez, vous aimeriez découvrir mon point faible, faire en sorte que j'aie besoin de vous. »

Allendy connaît sa patiente. Lorsqu'Anaïs sent qu'elle pourrait dépendre de quelqu'un, elle s'arrange pour inverser les rôles. Pourtant, bien qu'averti, le médecin est frappé d'une certaine indécision.

« Qu'attendez-vous ? demande-t-il.

— Un échange d'anecdotes, donnant-donnant. »

La volonté d'Allendy s'effiloche. Son regard se porte vers la serre, fixe le petit bassin, comme si la conduite à tenir y flottait.

« Soit, commencez. »

Anaïs évoque la nourrice, le landau et la voie ferrée, mais fait l'impasse sur le rituel du jeudi matin. L'analyste se raidit, comme cloué. Une nourrice, la fatalité le rattrape, lui donne enfin l'occasion de rédimer son âme. Allendy se confesse comme l'on exciserait un abcès.

« À l'âge de quatre ou cinq ans, j'aimais ma nourrice qui, en retour, me choyait. Elle me faisait tout le temps des gâteaux. Jusqu'au jour où elle est partie se marier. Je l'ai vécu comme une trahison, un abandon. Depuis, je ne peux plus voir des pâtisseries sans tomber dans une profonde mélancolie, et suis passé à côté de toutes les joies de l'existence. »

Anaïs reçoit l'aveu comme un bonheur du jour. C'est beaucoup trop facile, quelle fleur bleue, il en fallait peu pour qu'Allendy fasse banquette à son tour. L'important, à présent, est d'y aller en douceur. Et pour cela, rien ne vaut mieux qu'un lieu commun.

« La vie a du bon, dit-elle.

— Ah, vous croyez ?

— Vous êtes un médecin renommé.

— Mes succès ne m'ont jamais fait plaisir.

— Pourtant vos travaux sur l'alchimie…

— Font tordre de rire la communauté scientifique. Elle me considère comme un comique pour noces et banquets. »

Et cetera, Anaïs plante ses banderilles une à une. Il est temps de porter l'estocade.

« Qu'en est-il de votre épouse ? »

Allendy rend les armes.

« Je n'ai jamais été heureux avec une femme. Pour moi, elle n'est que la coupe qui reçoit la semence, la tirelire qui retient les sous. »

C'est sûr qu'en causant ainsi, il ne risque pas d'emballer, se dit Anaïs en empruntant les mots d'Henry Miller, frottés d'argot.

Et c'est alors qu'elle commet un faux pas.

« Peut-être n'avez-vous pas trouvé celle qui vous convient ?

— Oh, si, je la connais. Vous rendez-vous compte combien de femmes envient votre jolie silhouette, combien d'hommes tombent sous votre charme inouï ? Vous avez besoin de conquérir car vous souhaitez être conquise. Allons dans ma chambre. »

Voilà autre chose.

11.

La chambre à coucher, au premier étage, est de style Pompadour, entièrement bleu ciel. Les murs paraissent capitonnés et l'on distingue une alcôve.

« Avec mon épouse, nous faisons chambre à part, comme frère et sœur. »

Allendy sourit dans sa barbe. Sa bouche sensuelle laisse apparaître des dents petites, régulières et éclatantes. Anaïs avise des flacons à liqueurs, posés sur une commode.

« Nous pourrions prendre un verre ? suggère-t-elle.

— Il y a mieux à faire. Déshabillez-vous. »

Anaïs laisse échapper un rire.

« J'ai des seins trop petits, on dirait ceux d'une adolescente. »

La curiosité médicale reprend un temps le dessus, Allendy interroge :

« Ne se sont-ils pas développés ?

— Oh, après tout, vous êtes docteur, je peux bien vous les montrer. »

Anaïs dégrafe son bustier en dentelles de Calais, Allendy observe et approuve.

« Petits mais bien formés. Tout ce qu'il vous faut, ce sont quelques kilos de plus. »

La conversation roule un temps, sans qu'Anaïs s'inquiète, soit dit en passant. Soudain le tour en devient plus intime.

« Vous souhaitez plaire, dit le médecin, mais lorsque vous y parvenez, quelque chose vous arrête. Tu as besoin d'absolu.

— On se tutoie ? »

Allendy fait demi-tour et disparaît dans l'alcôve. Anaïs l'entend s'agiter et promettre :

« Je te tiendrais par la main quand tu traverseras l'enfer.

— L'enfer est différent pour chacun », répond-elle pour dire quelque chose.

Allendy réapparaît, nu à l'exception de fixe-chaussettes, tenant dans la main droite un fouet à neuf queues.

« Tu fais jaillir le sauvage en moi ! »

Les yeux fous, barbe en bataille, il semble pris d'un transport au cerveau. Toute à sa surprise, Anaïs détaille le corps blanc aux chairs flasques, le pénis rabougri. C'est du si mauvais théâtre, elle est prise d'un fou-rire. Allendy se méprend :

« Tu peux hurler tout ce que tu veux, ici personne n'entendra tes cris ! »

Allendy fait claquer son fouet au sol.

« Maintenant, tu vas être punie de tout ce que tu m'as fait, pour m'avoir asservi ! »

Revenue de son étonnement, Anaïs reçoit un coup, puis deux, elle continue de rire, cela n'a rien d'excitant.

« Ne faites pas de marques, je ne veux pas que Hugo et Henry les voient ! »

L'évocation de ses rivaux, ou ceux qu'il tient pour tels, met Allendy en fureur. Il tremble, son sexe ballotte en participant du mieux qu'il peut. Le médecin s'écrie :

« Je te battrai comme le faisait ton père ! »

D'un coup, Anaïs se fige. Elle a de nouveau sept ans et se retrouve avec ses frères dans la mansarde, où son père les fouettait. Sa mère pleure dans la pièce à côté, la fillette refuse de verser une larme. Cela n'avait rien d'une farce.

Anaïs toise le médecin. Disparue sa prestance, il est ridicule mais surtout apparaît faible, diminué.

« Je n'aime pas les hommes qui ont peur de la force des femmes. »

Allendy va pour dire quelque chose, mais rien ne sort. Il abaisse son fouet dont les lanières se répandent sur le tapis comme des menaces molles.

« Vous… vous n'allez pas écrire cela dans votre journal ?

— La réalité mérite qu'on la décrive en termes les plus vils. »

La porte de la chambre s'ouvre, madame Yvonne Allendy apparaît, cheveux blancs, regard bleu intelligent, visage de révolutionnaire. L'épouse prend mesure de la scène et s'enquiert :

« Tout va bien ? »

12.

Anaïs gagne la sortie, talonnée par le médecin. Il va toujours nu, ce qui ne semble pas incommoder la bonne. Elle en a vu d'autres, ou est lente d'esprit. Des larmes plein les yeux, Allendy supplie :

« Accordez-moi un dernier rendez-vous. L'analyse est comme une histoire d'amour qui doit produire la même extase !

— Un analyste amoureux est aussi aveugle que n'importe quel amoureux. Vous avez échoué en cédant à votre attirance pour moi.

— Je réduirai mes honoraires de moitié…

— Ne faites pas l'épicier. »

Les épaules d'Allendy s'affaissent.

« Très bien, je ne pense plus que vous ayez besoin de mes services. »

Dans la rue, Anaïs remarque un homme petit, trapu, vêtu de velours côtelé et coiffé d'une casquette d'ouvrier. Il porte un harnais dorsal enserrant plusieurs disques en fonte. L'homme dépose son fardeau, prélève un disque, le pose sur le trottoir qu'il commence à creuser, masse et burin. Anaïs allume une cigarette et suit la besogne. Lorsqu'il en a fini, elle se rapproche.

La plaque de trottoir est marquée de l'estampille officielle : « Système Goumet, Breveté Sans Garantie du Gouvernement ». Dessous figure en demi-cercle, à la date du jour : « Fin de l'analyse d'Anaïs Nin par le docteur René Allendy ».

Paris a de ces bienfaits.

13.

Anaïs descend de l'autobus à Montmartre et marche jusqu'à la place Clichy. Les lampes jaunes des cafés, les éclairages colorés de la foire, dessinent sur le ciel l'opale de Paris. Dans l'odeur de pommes d'amour et la musique des manèges, à ce point fausse que l'on croirait des mélodies venues de contrées enchantées, Anaïs croise des bonimenteurs, passe devant les stands où les soldats en permission tirent des pigeons d'argile pour gagner des babioles qu'ils offrent à leur femme ou à leur bonne amie. Puis elle s'engage dans une ruelle et frappe à la porte verte.

Le concierge dépeigné lui ouvre, Anaïs emprunte l'étroit escalier qui mène aux vestiaires du studio. Là, des petites filles en tutu tourbillonnent et enchaînent pointes, entrechats, jetés et fouettés au lieu de se rhabiller. Soudain, la plus douée crie et s'effondre. Elle ôte son chausson, en sort une lame de rasoir. Ses rivales la regardent avec solennité, puis s'habillent pour la rue, jupe et socquettes blanches, ayant déjà tout oublié.

Quand on danse, on danse seule.

Anaïs longe le couloir et parvient à la loge qui lui est réservée. Sa robe rouge à volants pend au premier clou, à droite en entrant. Anaïs accroche son manteau de nankin, se déshabille, passe des jupons amidonnés qui bruissent, puis la robe. Devant le miroir, elle met ses boucles d'oreilles, place son peigne en écaille et fixe trois œillets avec une épingle. Yeux soulignés au crayon à paupière noir charbon, un point rouge aux coins intérieurs, fard bleu-vert, elle enduit ses cils de mascara et sculpte à la gomina des accroche-cœurs sur ses joues.

Anaïs descend au sous-sol où se trouve la grande salle tapissée de miroirs. Il flotte encore dans l'air la cruauté naïve des fillettes en tutu tandis que leur professeur, une dame sèche à chignon, remballe ses partitions.

Francisco Mirallés se tient au centre du studio, la cinquantaine, visage laid au teint sombre, mince et droit, cambré comme un matador. Galant, il se prend pour un authentique charmeur et a toujours sur lui un étui à cigarettes où sont gravés les noms des plus célèbres *bailaoras*. Il a été le partenaire de toutes.

Mirallés incline la tête, l'invite à prendre place, puis pose un disque sur le phonographe. Yeux clos, Anaïs se concentre dès l'*ayeo* du chanteur, reconnaît aux premiers accords de guitare la tristesse d'une *soleá*. Anaïs bouge à peine, ses bras s'enroulent en lentes ondulations à mesure qu'elle devient

Anita Aguilera, celle qui n'est pas Guiler. Et pas plus Nin, comme pour provoquer son père qui affirmait qu'aucune femme de la famille ne s'était jamais abaissée à danser le vulgaire.

Buste en avant, ses doigts flottant comme du corail au-dessus de la tête, Anaïs enchaîne les mouvements. D'abord langoureux ils se précipitent en *escobilla*, pieds qui martèlent, coups de talon. Au plus fort de la *subida*, cette montée qui l'emporte loin de tout, Mirallés se met à genoux devant elle.

« J'ai encore beaucoup de danse en moi, dit-il. Si tu voulais m'accompagner, nous pourrions être heureux. »

Que lui a dit Allendy avant qu'il ne parte en toupie ? Ah, oui, qu'elle cherchait à séduire les hommes plus âgés, mais sans se donner. C'est trop, même pour un jeudi, Anaïs regagne sa loge.

Quand on danse, on danse seule.

Quand on aime, on aime seule.

14.

Anaïs est dans le train, direction Louveciennes. Une bonne chose de faite, Allendy voulait l'arracher à sa vie d'artiste, la cantonner à une existence bourgeoise, étouffante et mesquine. La mort de son imagination, alors qu'elle cherche seulement à trouver la force de vivre. À cet instant, Anaïs se sent bien, comme dans une chambre rose au milieu de ruines. Qu'ai-je fait pour être si joyeuse ? se demande-t-elle. Forcément, une telle gaieté se paiera tôt ou tard. En attendant, Linotte ôte l'anneau indien, remet son alliance. Demain, Anaïs redeviendra une femme ordinaire dans un monde ordinaire, là où elle l'a laissé.

Jusqu'au prochain jeudi.

15.

Hugo dort d'un sommeil confiant. Anaïs ôte son maquillage, prend un bain pour effacer ce qu'elle a été. Puis elle passe un pyjama en crêpe de Chine, chausse des mules et gagne sa chambre au plafond pentu, déformé par les ans. Emilia a placé une bûche dans la cheminée mais a laissé la fenêtre ouverte. Le vent s'y engouffre, apporte l'odeur des arbres mouillés.

Anaïs prend la clef à son cou, ouvre le tiroir de la coiffeuse, puis manipule la paroi cachée et en tire son Journal. Le vrai, relié de cuir rouge. Entre deux niches creusées dans l'épaisseur du mur pour y empiler des livres se trouve le lit, d'inspiration mauresque, incrusté de cuivre et de nacre. Elle s'étend sur le couvre-lit chamarré provenant de Madagascar. Calée entre deux oreillers, l'attend la poupée Bouby. Un cadeau de son père lorsqu'elle avait six ans. Bouby est le gardien de ses chagrins, le seul enfant qu'elle souhaite. Anaïs conçoit que l'on puisse aimer les bébés, trouver de l'intérêt à changer leurs couches, les promener en landau, adorer ce qui est né de soi, vivre à travers son enfant, être assassinée par lui. Mais la maternité doit être librement choisie et non imposée aux femmes. Anaïs s'est fait avorter, Hugo l'a compris, si tout pouvait être aussi simple entre eux…

Les écrivains ont deux vies. L'une qu'ils mènent avant d'en devenir les témoins, elle ne leur appartient plus. L'autre qu'ils écrivent. Il faut d'abord ressentir, puis tâcher de comprendre ce que l'on a vécu. Anaïs commence à rédiger d'un seul jet, sans plan précis ni ratures qui tueraient la spontanéité. Elle doit rapporter les événements avant qu'ils ne soient altérés. C'est un crève-cœur de choisir ce qui mérite d'être conservé, parce que choisir, c'est renoncer. On ne peut rendre que des reflets brisés.

Une entrée du Journal devrait être complète comme un jour.

DEUXIÈME JEUDI

Quels que soient les errements des historiens ou de la médecine sur la peste, je crois qu'on peut se mettre d'accord sur l'idée d'une maladie qui serait une sorte d'entité psychique et ne serait pas apportée par un virus.

Antonin Artaud

1.

Anaïs étudie sa garde-robe, pour choisir ce qui la protégera de la journée. Les menaces peuvent surgir aussi bien des objets que des gens, pense-t-elle en écartant les couleurs saumon et jacinthe. Chaque nouvelle intrusion dans la vie oblige, par réaction et défense, à improviser une attitude, à composer une personnalité inédite, ainsi que son apparence. Anaïs ne s'habille pas, elle se travestit, les hommes croient toujours à ses déguisements parce qu'elle ne leur jette pas sa sensualité à la face. Pour se créer une identité, on doit commencer par le mystère. Aujourd'hui, elle portera robe en velours cramoisi dessinée par Madeleine de Rauch, et châle espagnol serti d'une broche métallique.

Anaïs gagne la salle de bains.

« Bonjour Linotte », lui dit son miroir.

Poudre sur le visage à la peau déjà si blanche, yeux soulignés de khôl, courbe des sourcils au crayon, il faut toujours traiter la chair comme un masque. Lèvres étroites élargies au pinceau, Anaïs sourit, révèle l'espace entre ses incisives. Les dents du bonheur, dit-on, elle en connaît peu le goût.

Hugo est à Londres. Il se déplace souvent à l'étranger pour convaincre des investisseurs qui ne viennent jamais à Paris. Cette fois à la demande de Richard Osborn, l'avocat de la firme Jabberwhorl Cronstadt, qui observe les Américains dans la capitale, possède de puissants appuis et cultive le mystère. Anaïs en imagine les actionnaires attendant l'arrivée d'Hugo sur un banc public, loin du siège londonien situé au 17 Pitfield Street, avant d'échanger une poignée de main secrète, comme des boy-scouts. Cela aurait au moins le mérite de l'amuser.

Depuis quelque temps, Anaïs trouve son mari un peu triste, maussade, l'esprit plein d'ennuis. Dans ces moments-là, elle se réjouit de n'avoir pas fait d'études. Avec un diplôme de Columbia en sciences économiques, elle aurait pris la tête d'une banque ou d'une grande compagnie pétrolière. Et alors patatras, c'en serait fini d'écrire.

L'absence d'Hugo ne déplaît pas à Anaïs, sans qu'elle se sente coupable. Il y a toujours quelqu'un dans la maison, sa mère, son frère, sans compter la fidèle Emilia, qui la contraignent à s'exiler d'une pièce à l'autre alors qu'elle voudrait les exclure. Une femme mariée n'est jamais seule. Solitaire, oui, entourée de ses proches qui scrutent son visage et cherchent à deviner ses pensées. Ou pire, à les effacer en y substituant leurs attentes. Heureusement il y a les jeudis.

Boucles d'oreilles en corail, ongles carmin assortis à la couverture du Journal, ainsi ses doigts se mettent plus facilement à la tâche. Anaïs collectionne les flacons, elle en a une ribambelle, Cold Cream, sels de bain et parfums. Elle hésite aujourd'hui, peut-être *N'aimez que Moi* de Caron, mais ce serait trop direct. Elle opte pour *Mitsouko* de Guerlain parce qu'Henry Miller le déteste.

Une fois maquillée et vêtue, Anaïs se retrouve nue dans l'atelier d'un peintre. Elle a seize ans, mais pose en fait depuis deux ans. L'argent manque à New York, sa mère ne sait pas comment s'en sortir, Anaïs décide de devenir modèle sans l'en informer. Tenir une maison, apprendre à coudre, faire la cuisine, voilà ce que doit être l'éducation d'une jeune fille, Rosa en aurait eu un coup de sang.

Le matin, à partir de 9 heures, Anaïs travaille pour un dessinateur, l'après-midi chez un miniaturiste, à un dollar de l'heure. Le célèbre Charles Dana Gibson peint son portrait pour la couverture du *Saturday Evening Post*. Elle devient mannequin chez le fourreur Jaeckel's, les ateliers autour de Washington Square la demandent. Anaïs a du succès parce qu'elle ne donne pas l'air de s'ennuyer, à réclamer des pauses toutes les demi-heures pour fumer une cigarette. Durant les séances, elle passe son temps à rêver dans plusieurs directions, parfaitement immobile. Jusqu'à ce que le regard de l'artiste change, devienne clandestin, et que le peintre l'embrasse, commence à la caresser.

Alors elle décide de travailler uniquement pour le New York Art Worker's Club for Women. Toujours en prenant soin de ne pas bouger, mais les choses recommencent, baisers et attouchements. Anaïs provoque à la fois le désir et l'inspiration, c'est pareil avec Henry Miller.

Enfin, il y a pire, comme le marché aux modèles, place Pigalle, où les jeunes gens attendent d'être choisis par les artistes, dans l'odeur pestilentielle qui flotte autour de la fontaine Davioud où les poissonnières jettent leurs vidures.

« Tu es prête », lui dit son miroir.

Vêtue de rouge, de noir et d'acier, Anaïs pose sur ses épaules une pèlerine d'agent de police, qui l'enveloppe et la protège comme un talisman.

Ce ne sera pas du luxe, car aujourd'hui elle va chez Antonin Artaud.

2.

Cela n'a rien de prémédité. Il s'avère qu'une semaine auparavant, Allendy lui a extorqué par téléphone un ultime rendez-vous, pour parler de son autre patient. Anaïs s'est donc retrouvée dans le cabinet éclairé par la serre, alors que l'aventure, l'érotisme, se passaient au loin. Un jeudi de gâché.

« Artaud est violent, c'est un drogué, probablement pédéraste, et pourtant j'ai pour lui l'amour d'un père. D'ailleurs, il vient dîner chez nous tous les mercredis. »

Où veut-il en venir ? Anaïs ne s'en soucie guère. Réfléchir, oui, mais pas trop, souvent les efforts pour comprendre sont idiots. Laissons les choses se produire.

Le médecin finit par se décider :

« Lui et vous ne sauriez être définis trop précisément. Si, si, laissez-moi continuer. Une rencontre permettrait à chacun de trouver en l'autre son propre ego déformé. Non pas un opposé, mais une sorte de complémentaire. Je ne désespère pas de vous soigner. »

Allendy semble avoir tout oublié de l'incident, clémente amnésie qui efface fouet et fixe-chaussettes. Anaïs hait rarement, jamais assez pour se moquer ou égrener des reproches. Elle tient tout de même à rappeler :

« Vous m'aviez pourtant déclaré guérie.

— Ah, oui, peut-être, vous croyez ? Disons que vous ne m'apparaissez plus comme une séductrice perfide et superficielle, l'ennemie des hommes. C'est pourquoi j'apprécierais que vous lui rendiez visite.

— Pour ?

— Faire disparaître l'obscurité et l'amertume qui sont en lui. J'aimerais le faire, mais il refuse. »

Anaïs hésite, car chaque nouvelle rencontre, le moindre badaud croisé, peut dissimuler une menace.

« Je suis en cristal, un rien me fêle.

— Dites ça à un autre, voulez-vous ? Et puis vous n'avez rien à craindre, Artaud et vous êtes ascendant Balance. »

La curiosité l'emporte, Anaïs donne son accord.

« Comment dois-je m'y prendre ?

— Évitez les propos qui pourraient installer une familiarité entre vous, répond le médecin. Fiez-vous à votre intuition. Mais surtout, ne jouez pas avec Artaud.

— Je ne m'intéresse qu'à son génie, répond Anaïs, piquée.

— Alors soyez une amie, pas une coquette.
— Avec les écrivains, je suis très masculine.
— Votre silhouette ne l'est pas. »

3.

Au 21 de la rue Daguerre on ne s'entendrait pas accoucher. Des haut-parleurs diffusent à plein volume une volée de bourdon, celui de la cathédrale d'Amiens. Le réseau de vibrations sonores se détimbre bizarrement et s'achève par des cris. Pour reprendre aussitôt par vagues qui cognent aux tempes d'Anaïs. Son oreille parfaite la met au supplice.

Inutile de sonner, et puis la porte est ouverte, Anaïs entre dans le logis. Aussitôt, elle a l'impression d'être au milieu d'une scène, entourée par le spectacle. Sous l'éclairage poisseux d'une ampoule nue qui fait comme un brouillard bilieux, des matelas pendus au plafond oscillent en rythme choisi. Une corde à linge est tendue d'un mur à l'autre, où sont suspendus des cintres aux crochets tachés de sang, comme placés là par une ménagère avorteuse. Au centre de la pièce, des mannequins de couturière dont le torse lacéré laisse échapper de la bourre. Ici et là des objets à forme et usage inconnus, quelques pauvres meubles qui trouveraient leur place dans une cellule monacale, une table à grands pieds massifs, une haute chaise en bois au cannage troué, un lit de fer. Tout semble filtré par la douleur.

Les murs sont entièrement couverts de dessins, d'extraits de presse découpés, de photographies et diagrammes, il y en a jusque dans les recoins. Anaïs reconnaît l'article de Maurice Renard, « Du merveilleux-scientifique et sa compréhension de la peste affectant l'imagination », Hugo le lit souvent. Il voisine un journal à feuille double, *Le Bilboquet*, publié par un certain Eno Dailor. Le tout, punaisé, ne relève pas de la bizarrerie gratuite mais semble au contraire réparti avec ordre autour d'un plan simplifié du métro, réduit à quelques lignes, une poignée de stations. Grand-Saint-Antoine, Porte Molitor, Haxo, Anaïs n'en connaît aucune, il est vrai qu'elle préfère marcher, ou prendre un taxi.

Anaïs finit par situer l'occupant des lieux, près d'une vasque à l'émail écaillé. Artaud lui tourne le dos. Parfaitement immobile, il se tient sur une jambe, l'autre à l'équerre, bras croisés derrière la tête, chaque main empoignant le bras opposé. On dirait une figure de tarot. Son corps maigre et fantomatique, mais aussi musclé, tout en nerfs, est couvert d'un réseau de veines éclatées et criblé de mille trous. Effet des piqûres d'hectine, de galyl, de cyanure de mercure, pour traiter la syphilis. À travers les trous passe une lumière diffuse qui n'est pas faite pour éclairer.

Artaud sort de sa transe extatique. Il se retourne, le visage maigre qu'encadrent de longs cheveux, Anaïs croise son regard bleu de langueur, noir de souffrance, les yeux enfoncés du mystique qui brillent au fond d'une lésion. Ils basculent vers le haut et on n'en voit plus que le blanc. Artaud ferme les paupières puis les rouvre sur des orbites vides. Ses yeux sont partis.

Anaïs est à peine surprise, un autre accueil n'aurait pas été Artaud du tout.

De ses lèvres noircies au véronal, comme si la mort les avait embrassées, sort une diction précise et haute, à la fois sifflante et éraillée :

« Vous avez des yeux exagérés, invraisemblables, d'une transparence où l'on ne devine aucun secret. Et pourtant il y a des mystères dans cette clarté. »

Artaud la devine bien plus que ne le fait Allendy. D'ailleurs il ajoute :

« C'est lui qui vous envoie ?

— Il m'en a soufflé l'idée, nuance Anaïs.

— Que vous a-t-il dit à mon sujet ?

— Qu'il vous considérait comme un fils pédéraste et drogué. »

Artaud affiche un rictus triste et mauvais.

« Quand aura-t-il fini de remuer l'ordure ? C'est bien plutôt sa femme Yvonne qui est une mère pour moi. Lorsque je portais à bout de bras le théâtre Alfred-Jarry, elle a fait jouer ses relations, rassemblé des fonds, et même organisé un cocktail dans leur hôtel particulier. Demandez à sa sœur Colette, elle vit chez eux. Une jeunette, m'étonnerait pas que son beau-frère parvienne à se la taper ! Bah, je ne vais pas parler pour elle, si ça lui va, peu importe. »

Artaud récupère ses yeux puis se tait, le silence s'installe et dure, Anaïs ne cherche pas à le dissiper. Passe la demie d'une heure, toujours rien. Artaud finit par le briser d'une excuse :

« Désolé, parfois il y a des instants où je perds le contact.

— Du tout, j'aime vos silences, ils sont comme les miens.

— Dans ce cas, vous êtes bien la seule qui n'en ait pas honte. Que voulez-vous ? demande Artaud.

— Je suis quelqu'un qui ne se préoccupe pas trop de logique, je préfère laisser venir à moi des images.

— Vous auriez bien tort de ne pas les laisser exister.

— Je vis dans une sorte de rêve, poursuit Anaïs. J'ai pensé que vous seriez capable de le voir, de m'apporter ce qui me manque, pour l'accorder à la vie. »

Artaud comprend et approuve.

« Pour moi c'est pareil, je ne me réveille jamais. J'accepte de vous aider, mais pour cela, il faudra m'accompagner. »

Comme deux vieux amis qui se rencontrent pour la première fois, Anaïs suit Artaud dans son monde car c'est peut-être aussi le sien.

4.

Précédé par un Harlequin beau gosse, tout en noir et blanc, le cortège des palotins longe le bord de la Seine. Ces êtres à tête de lapin, qui respirent au moyen d'un tube recourbé, mangent par une charnière et pissent via un robinet, se rendent au bal des Quat'zarts en vue de célébrer la naissance d'Alfred Jarry qui aurait eu pile soixante ans.

« C'est nous les Pa,
C'est nous les Tins,
C'est nous les Palotins. »

Jusqu'alors, ils se sont contentés de marquer le coup par des tours pendables, comme purger les égouts au moyen de pompes à merdre pour en badigeonner les monuments nationaux. Ou participer au Tour de France en reproduisant les étapes de la Crucifixion. Les autorités civiles, militaires et religieuses, s'en trouvent choquées, mais le public suit. Il en faut peu, à certaines heures, pour amuser le peuple.

Mais depuis le début de l'année, quelque chose de nouveau, subtil et mauvais, flotte dans l'air de la capitale. Précisément depuis le 30 janvier, estime Artaud qui a une idée là-dessus. Son intuition, appuyée par la transe, lui assure que des ondes en provenance d'Allemagne empoisonnent l'atmosphère de Paris, déjà chargée de peste. Les entités mentales se concrétisent en actes mauvais, bien plus qu'à l'accoutumée. Ces faits expliquent son déplacement, ce jour.

Anaïs marche un pas derrière Artaud qui préfère aller seul, la tête levée, comme s'il dévisageait le soleil. Ils débouchent de la rue d'Albano et tombent sur la procession.

« Nous parcourons la ville entière,
Afin d'casser la gueul' aux gens,
Qui n'ont pas l'bonheur de nous plaire. »

L'hymne s'interrompt d'un coup. L'Harlequin se détache du groupe, fait la révérence, moqueuse ou sincère pour moitié. C'est vrai qu'il a du charme, Anaïs s'imagine lui donnant le bras, la tête enfermée dans une cage à oiseau d'où se dévide un long serpentin en papier, sur lequel elle a écrit une suite d'extraits tirés de son Journal. Elle en déchire une phrase pour chacun des palotins.

Harlequin lui sourit et déclame :

« Vous ressemblez à une Jeanne d'Arc lubrique. Je vous désire si affreusement, quelle joie divine ce serait de vous crucifier !

— Tire-toi, merdeux », répond Artaud.

La confrérie glapit et se répand en couinements, excepté le voyou à damier qui sort un cran d'arrêt. La lame jaillit d'un claquement sec, Artaud n'est guère impressionné.

« J'ai un génie au fond de ma poche, il est mon arme et mon poison. Toi et tes gringuenaudes, faites gaffe à ce que… »

D'estoc et de taille, Harlequin plante Artaud qui parvient à saisir le surin et s'en donne trois coups sur le crâne, pour rouvrir sa fontanelle. En jaillissent des idées noires, pareilles à celles d'un enfant pauvre dans un magasin de jouets. C'en est trop, même pour Harlequin et les palotins qui s'égayent en volée de lapins.

Anaïs pousse un cri comme à travers l'œil d'une statue quand son compagnon s'effondre. Une pièce en or tombe de son gilet, gravée d'un profil de femme couronnée de plumes. Identique à celle d'Allendy, songe Anaïs en la ramassant, une pensée sotte qui roule dans sa tête comme un dé, tandis que son compagnon agonise sur le pavé.

Les écrivains ont aussi leurs criminels.

5.

« Et ce sera quoi pour ces M'sieur-dame ? »

Ils sont assis en terrasse du café Soufflet, Artaud se contente d'une eau minérale, Anaïs commande un whisky. Double, il faudra au moins ça. Une fois servie, elle siffle son verre d'un trait et demande :

« Vous pouvez m'expliquer ? »

Artaud lisse sa chemise empesée de sang.

« Oh, cela ne date pas d'hier. À l'âge de six ans, j'ai été emporté deux fois, méningite et noyade. Tenez, pas plus tard que mardi dernier, je me suis fait écrabouiller par le tramway, au terminus du Châtelet. N'étant jamais né, je ne peux pas mourir, et là-dessus je me remets. C'est ainsi que je suis parfois dans la vie, comme en cet instant, et parfois hors d'elle. »

Depuis toujours, Anaïs est disposée à croire que la réalité présente des mystères qui miroitent dans l'œil sans que l'on puisse les percevoir, comme des taches aveugles, alors pourquoi pas.

« Et puis ma fille Catherine veille sur moi, conclut Artaud.

— J'ignorais que vous aviez une fille.

— Elle est assise en face de vous. »

Artaud pointe du menton une chaise vide. Anaïs ressent alors une profonde pitié et se méprend :

« Moi aussi je m'invente des proches quand les miens sont décevants. »

Artaud se penche au-dessus de la table, chuchote quelque chose à l'oreille de rien et sourit de la réponse. Une conversation s'engage, séparée de la vie, Anaïs a l'impression de faire tapisserie.

Un homme vient se planter devant eux, joues grêlées par la variole, cou en goulot de bouteille, engoncé dans un vilain costume. Il jette un œil alentour, l'air de rien, puis demande :

« M ou O ? »

Pour morphine et opium, une dose vaut quatre-vingt-trois centimes, à prix honnête chacun peut s'en procurer. Il existe tellement de drogues, certaines pour se souvenir, d'autres pour oublier, tout Paris est enfumé de meurtre et de folie, songe Anaïs qui n'en prend plus. Elles la rendaient passive, simple touriste au pays des images. Et puis le chanvre indien lui fait trembler les mains, tout comme tenter d'écrire de la fiction lui bloque le poignet. Seul le Journal est son kif.

« M ou O ? » insiste le vendeur.

On imagine mal sa bouche dire autre chose, Artaud le congédie d'un geste agacé, mais Anaïs surprend dans ses yeux une lueur d'envie. Il détourne la tête, farfouille dans ses poches et en tire une enveloppe pleine de mégots qu'il décortique pour en récupérer le tabac, du papier à cigarettes et une boîte de cirage Poulain Noir.

« Je vous en roule une ? »

Anaïs préfère les siennes, en allume une tandis qu'Artaud s'affaire, ouvre la boîte, y prélève de ses doigts longs une pincée de poudre grise dont il saupoudre le tabac, puis colle le tout d'une langue serpentine.

« Du cousu main ! »

Anaïs lui rend sa pièce en or qu'il empoche sans un mot. Tous deux restent à fumer en silence, Artaud inhale à pleins poumons et rejette la fumée. Elle sent le camphre, comme l'onguent qu'utilise Hugo après avoir joué au tennis.

« Qu'y a-t-il dans la boîte ? demande Anaïs.

— Du muscle en poudre. Longue histoire.

— J'ai tout mon temps.

— C'est un interne du Val-de-Grâce qui me la procure, précise Artaud. Il fait article pour fumeurs mais on peut lui demander n'importe quoi, dès lors qu'il s'agit de chair humaine. Dans le cas présent, celle d'un ouvrier en pneumatiques qui pratiquait le football à ses heures. À chaque fin de match, il attendait que ses équipiers quittent les vestiaires du Dunlop Sports pour s'inciser un muscle. Il y gravait joie ou tristesse selon l'humeur du moment. Une manière d'ancrer ses sentiments, en quelque sorte.

— Un peu comme les marins avec les os de baleine ? » tente Anaïs.

Artaud ouvre grand les yeux, face à l'évidence pondue de frais.

« Ma chère, je n'y avais jamais pensé, voilà qui ouvre d'intéressantes perspectives, il faudra que je la ressorte. Toujours est-il que notre athlète affectif a péri de son dada, et depuis je le fume. Cela régénère mes forces, d'ailleurs je me sens parfaitement requinqué. Si l'on y allait ? »

Artaud laisse Anaïs marcher à ses côtés, leur relation progresse d'un même pas.

6.

Les remparts de Montreuil forment un cordon sanitaire qui isole Paris des faubourgs, et l'on doit s'acquitter d'une taxe à vous passer l'envie pour se rendre d'un lieu à l'autre. L'En-dehors est ainsi protégé de la peste. Au pied des fortifications bordées de fossés d'enceinte, où poussent aubépines et sureaux, on trouve la Zone, une vaste étendue de terrains vagues, à l'herbe rare et maigre, contenue par des palissades. Là vivent les classes dangereuses.

Artaud et Anaïs entrent dans le campement, à l'origine quelques roulottes de Tziganes ou de forains, rejointes au gré de la misère par les rebuts de la société. Ici le provisoire est fait pour durer. Dans des masures collées les unes aux autres à touche-touche, pas plus grandes que des cabanes à outils, au toit en fer-blanc ou en toile goudronnée, sans fenêtres et posées à même le sol en terre battue, habitent des familles entières. En hiver, les habitations faites de lattes disjointes laissent passer le froid, mais sa morsure est celle de l'air libre.

Sans hésiter, Artaud trouve son chemin dans le dédale des allées étroites. Durant leur progression on les observe, même un bébé couché sur un sac à patates semble les fixer. Anaïs n'a pas peur. Il lui arrive, certains jeudis, de traîner avenue Jean-Jaurès pour frayer avec sa communauté de pochards vagabonds, qui se tiennent en bas des escaliers, sur les pas des portes ou les bancs. Leur folie est autre, grouille d'hallucinations, elle aime la partager. Et puis aujourd'hui, Artaud marche à ses côtés. Il l'a prévenue, ces gens ne sont pas vraiment de ce monde et empruntent peu les voies normales. Lui est parfaitement à sa place, chacun ici paraît accroché à sa vue, regards craintifs et respectueux. Un Turc en pull jacquard s'incline à son passage, une vieille à la robe chamarrée prononce quelques paroles en yiddish et cherche à lui baiser la main. Artaud fait un pas de côté, comme si son contact pouvait la consumer.

Ils parviennent à une sorte de place où, sur un terre-plein, est dressé le géant. Ses os sont en traverses de chemin de fer, sa peau est faite de déchets empilés, une horloge sans aiguille est son cœur, sa chair est en monceaux de chiffons, détritus, casiers de légumes, meubles cassés, débarras de cave, liés par de la boue séchée. Le rebut dont Paris ne veut plus, mais les objets retrouvent propriétaire, ils ne sont jamais orphelins.

« Le dieu des chiffonniers », commente Artaud à voix basse.

Des enfants en galoches à semelles de bois jouent aux pieds de l'idole. Une fillette se détache du groupe et court dans leur direction.

« Nanaqui, tu es revenu ! »

Elle se presse contre les jambes d'Artaud qui laisse faire. La petite toise Anaïs comme le ferait un maquignon d'une bête, puis s'en désintéresse. Elle brandit une poupée vêtue de chiffons, disloquée, à laquelle manque un bras, la fillette n'en est pas moins radieuse. Avec le plus grand sérieux, elle s'adresse à Artaud :

« Regarde, c'est Germaine.

— Charmante, tu devrais la présenter à Catherine. Mais avant, dis-moi où est ta mère ?

— Maman sait que tu es là. »

Tandis que la petite joue avec la fille d'Artaud, se passant la poupée pour l'étrangler l'une l'autre, les rangs se forment sur la place, une abondance d'âges, de figures, d'expressions, disposée en cercle silencieux. Il se brise à l'arrivée d'une femme au maintien de chef. Les cheveux retenus par un foulard safran et coiffée d'un chapeau, elle est vêtue d'un veston d'homme passé sur une blouse brodée de fleurs, et d'une longue jupe.

« Que prospère ta tribu, proclame Artaud.

— Je t'attendais, roi-sorcier. »

Sa voix est rauque, une tache de vin couvre sa joue droite, Anaïs la trouve très belle. Elle lui rappelle cette

Gitane qui l'a abordée en pleine rue lorsqu'elle avait seize ans, en la pressant d'écrire son vœu le plus cher sur une page de carnet, puis de la lui remettre. Anaïs ne l'a pas fait, craignant que les pliures de la feuille n'abîment son souhait.

« J'aimerais récupérer ce que je t'ai confié », dit Artaud.

Sans le quitter des yeux, la femme claque des doigts. Aussitôt une sorte d'armoire à glace, avec des biceps comme ça, lui tend une grosse boîte noire aux fermoirs métalliques. Elle s'en saisit d'une main, comme si son poids n'était rien, la remet à Artaud puis se tourne vers Anaïs.

« Je me sens responsable du sort de ceux qui viennent à moi. Aussi je t'avertis, bientôt tu vas rencontrer un homme dont la *Babcia* pratiquait le vaudou. Sa grand-mère, tout comme la tienne, était sorcière en Louisiane. Et c'est d'elle que tu tiens ton prénom. »

C'est vrai, Anaïs Vaurigaud y Bourdin était la plus belle femme de La Nouvelle-Orléans. Cheveux bruns, yeux bleus, un teint de porcelaine, le peintre Schweick a même fait son portrait, alors qu'il séjournait à l'hôtel des Sept Portes. Quelque chose d'affreux y est arrivé, après quoi sa grand-mère maternelle a quitté le foyer pour vivre seule et pratiquer les arts noirs. Une histoire reconstituée par bribes car la famille répugne à l'évoquer, Anaïs tient les rares détails de Ti Coco, sa tante de La Nouvelle-Orléans.

Voyant qu'elle est tombée juste, la femme conclut :

« Jouer mille rôles dans Paris n'est pas un crime, libre à toi d'abuser les autres, mais ici je te lis. Veille sur le roi-sorcier, et protège-toi de lui. »

Le géant d'immondices incline la tête.

7.

L'autobus Schneider est bondé, de la plate-forme aux places assises. L'intérieur sent la laine mouillée, le tabac et le café au lait. Anaïs s'agrippe tant bien que mal à la barre, on la bouscule, elle a l'impression d'étouffer, tandis qu'Artaud, impassible, saisit la haute poignée de maintien. Il a posé la boîte noire, qui fait son poids.

« S'agit-il d'un accessoire de théâtre ? » demande Anaïs.

Artaud la regarde comme si elle pleurait du sang.

« Pourquoi le serait-ce ?

— C'est un peu votre partie.

— Autrefois, peut-être, mais la scène ne m'intéresse plus. À quoi bon puisque nous avons la peste ? Même les Jouvet, Dullin, Pitoëff et tout le tremblement, n'arrivent à en produire qu'une pâle copie. Ils ont d'ailleurs décidé de fermer. Quand on dîne au Ritz, inutile d'apporter son manger. De nos jours le vrai théâtre se fait dans la rue, car on n'y joue pas, on agit.

— Mais que vont devenir les acteurs ? s'inquiète Anaïs.

— Oh, vous savez, ce sont de véritables éponges à émotions, ils y trouveront leur compte. »

Il y a quelques années, Anaïs a vu une pièce d'Artaud qui ressemblait à une salle de tortures. On y voyait le Grand Fécondateur, surnommé Citroën parce qu'il fabriquait des bébés à la chaîne. Lorsque les berceaux empilés menaçaient de s'écrouler sur le public, il les supprimait à coups de revolver. Tout cela sonnait tellement juste, d'une vérité non falsifiée, Anaïs trouverait dommage qu'il arrête.

« Pourquoi ne pas jouer en province ? insiste-t-elle.

— Vous plaisantez ? Pensez-vous sincèrement que la contagion puisse être exportée à Bécon-les-Bruyères ? Notaires et rentiers vont au théâtre comme ils se rendent au bordel, dans l'attente d'un plaisir furtif, d'aventures faciles que seul garantit le vaudeville. La bonne entra au service de Monsieur, quand Monsieur eut fini d'entrer dans Madame, vous voyez le genre ? Mari cocu, comique troupier, on en redemande, mais la peste ? Non, les gens n'y verraient que la cuistrerie parisienne, et la folie finirait par être étouffée. »

L'autobus passe sur un nid-de-poule, les occupants manquent tomber comme des quilles. Ils se rétablissent, la plupart avec l'aisance d'habitués. Le bus est pour eux comme un monde chaque jour en partage. À l'intérieur, on est à la fois invisible et vu. L'épuisement de la journée fait que chacun fixe les autres d'un œil sans intention, pratiquement bénévole, Anaïs prend soin de ne pas dévisager les gens. Son regard glisse, effleure à peine ou parfois accroche, en appelle un autre, échanges croisés qui sont brefs ou s'attardent, entre personnes qui ne se connaissent pas et ne se reverront probablement jamais. Durant le trajet on apprécie la langueur tiède, protégé du mauvais temps que sont le froid et l'époque, puis chacun retourne à l'anonymat, absorbé par ses affaires personnelles, l'esprit occupé par un souvenir, une idée, un souci.

« Prochain arrêt ! » avertit le chauffeur.

Des gens descendent et d'autres montent, personne n'est en gaieté. L'atmosphère qui règne à l'intérieur demeure pratiquement inchangée, à présent un remugle de laine mouillée, cheveux sales et parfums bon marché. Le mal au cœur s'annonce, Anaïs doit détourner son attention. Certaines choses se passent si l'on sait observer. Des bribes de scènes, moments vécus dont on ne connaît souvent pas le début ni la fin, conversations qui s'interrompent sans reprendre. En cet instant, Anaïs s'estime redevable de chaque passager, car l'un d'entre eux pourrait finir dans son Journal. Les autres s'évanouiront à tout jamais dans les limbes de la voie publique.

« Et puis c'est trop d'embêtements, reprend Artaud, entre la recherche des capitaux, la censure, la critique… Sans compter ce con d'André Breton et sa clique de tristes lavettes, qui viennent chahuter mes spectacles jusqu'à ce que la police intervienne. J'en ai assez soupé.

— Dans ce cas, quelles sont vos occupations ? » demande Anaïs.

Artaud prend le temps de mesurer sa réponse.

« Ces temps-ci, je cherche plutôt à comprendre. J'aimerais faire une conférence sur la peste, quelque chose qui dérange, comme une porte ouverte sur les mondes affleurant le nôtre. Pas un long exposé d'où suinte l'ennui, juste le fait brut, une terreur sans intrigue ni motif. »

Le receveur s'annonce, en casquette et vareuse.

« Titres de transport ! »

Anaïs lui prend deux tickets à trente centimes qu'il oblitère. Un homme encore assez jeune lui montre sa carte d'ancien combattant, l'employé porte deux doigts à sa visière. Artaud attend qu'il s'éloigne avant de poursuivre :

« Je voudrais montrer que la peste est apparue à Paris au XIe siècle, évoquer le feu de Saint-Antoine et l'ordre des Antonins... »

Anaïs tend l'oreille mais n'entend pas la suite, ou alors quelques paroles capturées qu'elle interprète peut-être de travers.

8.

Rue des Saints-Pères. Anaïs y vient lorsqu'elle est d'humeur maussade, pour rêvasser devant les vitrines d'antiquaires. D'autres fois, elle se rend rue Saint-Honoré et fait les boutiques de mode. Cela la soulage un temps, puis le luxe devient chagrin.

« Nous voici rendus », précise Artaud.

Ils se trouvent à hauteur du 61, face à une porte cochère vétuste, crasseuse et laide. Artaud et Anaïs passent sous une voûte et s'annoncent à un vieux monsieur assis derrière un guichet grillagé. L'homme, barbe en pointe taillée à l'ancienne mode, portant calotte noire et manches de lustrine, trace à la plume Sergent-Major pleins et déliés tout en assurant l'accueil. Anaïs remarque qu'il écrit sur d'épaisses enveloppes, destinées à l'envoi de livres.

Artaud risque un raclement de gorge, puis un autre qui dégénère en toux jusqu'à ce que le concierge lève à regret les yeux de ses travaux d'écriture.

« C'est pour quoi ? fait le vieil homme.
— Nous souhaiterions voir monsieur Grasset.
— Z'êtes attendus ?
— J'imagine. »

Anaïs voit Artaud se composer une attitude calculée, roulements d'yeux, moues des lèvres, qui ne tolère aucun refus. Un commis en longue blouse grise, de la salle des expéditions et ventes, passe à ce moment-là. Le vieil homme crachote derrière la grille du guichet :

« Roger, ces gens demandent à rencontrer le patron. Va me chercher le petit Muller. »

L'employé fait demi-tour et revient avec un grand échalas trentenaire qui a l'air d'un adolescent, à la démarche souple, vêtu d'un costume d'excellente coupe, probablement anglais.

« Henry Muller », dit-il.

Anaïs pense aussitôt à un autre, à une voyelle près.

Artaud fait les présentations, Muller regarde Anaïs comme si son nom devait lui évoquer quelque chose, pour finalement renoncer.

« Monsieur Louis Brun vous attend au premier. En haut, à gauche. »

Artaud et Anaïs lui emboîtent le pas, grimpant un escalier sombre, étroit et sale, où flotte un remugle de plâtre humide et de poussière de papier. Durant la montée, Muller raconte sa vie comme s'il la dictait à une sténo :

« Dix ans de boîte cette année, je me souviens de mon premier entretien, quand monsieur Grasset m'a demandé pourquoi je voulais faire carrière dans l'édition. Je lui ai dit que c'était mieux que de finir à la banque comme mon père. Vous auriez vu sa tête, il en a presque avalé son fume-cigarette ! Monsieur Grasset m'a répondu : "Tout métier à son romantisme." J'ai commencé à travailler au service des manuscrits sans percevoir de salaire. C'était un arrangement entre mon paternel qui ne savait que faire d'un fils oisif, et le patron. Je ne l'ai jamais regretté, même si ce n'est pas forcément facile. De nos jours les médiocres ont trouvé refuge dans le métier des lettres et y font l'opinion, mais monsieur Grasset est d'une autre farine ! »

Muller fait halte devant une porte où une plaque vissée indique *Bureau directorial.* Il frappe et la porte s'ouvre aussitôt, comme si l'on guettait leur arrivée. Un effet digne d'une pièce de boulevard, songe Anaïs.

« C'est bon, Henry, vous pouvez nous laisser. »

L'homme qui les accueille est grand, massif, le cheveu blond et clairsemé, l'air sanguin, mais affichant la cordialité des gens du Midi. Il s'agit de Louis Brun, le plus vieil associé de Bernard Grasset. Ils se sont vaguement connus à Montpellier, avant de se retrouver par un après-midi de mars 1907 sur le boulevard Saint-Germain. Tous deux, pauvres, ont partagé une chambre rue Cujas et décidé de fonder une maison d'édition. Le temps a depuis transformé leurs espoirs en succès.

Louis Brun s'empresse de les recevoir.

« Monsieur Artaud, vous m'avez été chaudement recommandé par la vicomtesse de Noailles.

— Je me suis porté à son secours dans les grottes de Mogao en Chine, et aux îles Galapagos.

— J'ignorais que la vicomtesse s'était rendue en ces endroits, s'étonne le directeur.

— Elle ne l'a pas fait, et c'est précisément là le problème. Lisez donc mes compte-rendu publiés l'année dernière, dans la *NRF*.

— À ce sujet... »

Louis Brun fait apparaître une liasse de papiers imprimés.

« Comme vous êtes plutôt proche de Gallimard, ainsi que de Denoël & Steele qui subventionnent vos, hum, attractions...

— De l'histoire ancienne, le coupe Artaud.

— Si vous le dites, j'apprécierais toutefois que vous signiez cet accord de confidentialité. »

Artaud n'émet aucune objection, pose la boîte noire et s'exécute.

« Ici, ici, ici, et ici, parfait. Madame ? »

Anaïs est ravie, elle vient de signer chez Grasset.

« Ne devions-nous pas le rencontrer ? rappelle Artaud.

— Avant, j'aimerais vous confier deux ou trois choses. »

Anaïs sent qu'il en coûte au directeur de parler, mais lorsque Louis Brun se lance, tout jaillit comme un torrent, tel un flot d'inquiétudes brisant enfin les digues de la bienséance :

« Depuis l'année dernière, au mois de septembre jour pour jour, Grasset a des absences. Je veux dire qu'il disparaît, littéralement, durant des mois ! Paraît-il qu'il va en cure. Sans son capitaine, le bateau part à la dérive, et bientôt il prendra l'eau. Alors j'ai proposé au conseil d'administration de lui retirer ses pouvoirs, pour les lui rendre dès qu'il irait mieux. Le patron a réagi en envoyant une lettre recommandée me retirant la signature aux banques. Plus personne depuis ne dirige la maison ! Et le pire, vous n'allez pas me croire, il a adressé une lettre de soixante-sept pages à l'ancien président de la République Alexandre Millerand ainsi qu'au tout-Paris. “La maison Grasset est une putain, mais une putain qui se vend cher !”, affirmait-il entre autres gracieusetés, ajoutant que sa famille et ses associés cherchaient à le déposséder ! Du coup, ses sœurs veulent le faire admettre à la clinique psychiatrique du docteur Buvat, rue de la Glacière, où on lui passera la camisole de force !

— Ah, ce sera différent de Palavas-les-Flots ! » lâche Artaud.

Louis Brun approuve, le sourire en berne.

« Si c'est pas malheureux de perdre à ce point l'entendement. C'est triste à dire d'un franc camarade, mais je crois qu'il a des nœuds dans le cerveau. »

Artaud prend acte de la situation. Méthodique, il s'en fait préciser des points.

« Symptômes ?

— Il s'évanouit dans la rue, et quand il est au bureau, le patron passe des heures au téléphone à pleurer, hurler et gémir.

— Je vois, caractère émotif.

— Égocentrique à idées fixes, mais d'une intelligence subtile, toujours en éveil ! C'est un visionnaire, il laissera une marque comme d'autres laissent une descendance !

— S'il en a l'occasion, fait sombrement Artaud. Prend-il des médicaments ?

— En excès, déplore Louis Brun, c'est un hypocondriaque, et il force sur la boisson. »

Anaïs voit la tête d'Artaud rouler d'une épaule à l'autre sur un plan horizontal, comme si elle était montée sur glissière.

« Je vous ai téléphoné hier soir, reprend Louis Brun, après que le patron se fut effondré chez Lipp. Le nez dans le petit salé, devant tout le monde, c'est mauvais pour les affaires ! »

Artaud saisit la boîte noire.

« Il n'y a pas une minute à perdre, je dois voir le patient ! »

Par une porte attenante, Louis Brun les introduit dans le bureau de Grasset. Au premier regard, un visiteur pourrait être frappé par l'austérité des lieux. Les murs, aux fenêtres opaques, sont nus à l'exception d'une médiocre gravure de Marly, ou flanqués d'un meuble-tiroir à fiches relatives aux auteurs, d'une armoire vitrée aux rayons vides, et d'un coffre-fort ouvert qui ne contient rien. Sur la cheminée repose un buste de femme en bois peint, à la chevelure décollée. Le tapis, usé jusqu'à la corde, trace une voie triste jusqu'à la table centrale qu'encombre un fatras d'encriers, de porte-plumes, de cendriers pleins à ras bord, et de piles d'épreuves griffonnées au gros crayon rouge, de ceux qu'utilisent les charpentiers.

Bernard Grasset se tient prostré sur un sous-main en maroquin, tête posée sur ses avant-bras constellés de cendres. Une maigre fumée remonte de son fume-cigarettes que l'on devine planté au coin de la bouche.

« Maître, vous avez de la visite », risque Louis Brun.

Il s'y reprend à trois fois, sans effet. Lorsque Grasset finit par se redresser, Anaïs et Artaud échangent un regard surpris. Longue mèche brune plaquée sur le côté, petite moustache taillée au carré, ils se trouvent face au parfait sosie d'Adolf Hitler, braillard et gesticulant chancelier d'Allemagne nommé le 30 janvier, devenu dictateur en mars.

« Ce ne peut être une coïncidence, murmure Anaïs.

— Voilà qui confirme mon intuition », lui répond Artaud sans se perdre en détails.

Des choses plus extraordinaires arrivent, Anaïs ne cherche pas à comprendre et laisse venir. Artaud ouvre la boîte noire. Avec précautions, il en tire différents éléments qui, une fois assemblés, forment un appareil composé d'une sphère en cuivre poli qu'encerclent deux anneaux portant des curseurs, d'un cadran à aiguille, de lampes triodes, rhéostat, condensateur et transformateur.

« Et voilà ! » fait Artaud comme s'il concluait un numéro de music-hall à l'Hippo-Palace.

« Qu'est-ce donc ? s'enquiert Louis Brun.

— Une machine à recerveler.

— Vous m'en direz tant ! », fait le directeur, que la chose scientifique intimide.

Sentant que l'auditoire désire en savoir plus, Artaud se fend de précisions :

« Mon père l'utilisait sur moi lorsque j'étais enfant. Cette machine traite les maladies nerveuses. Elle a été mise au point par le docteur Joseph Grasset, professeur-agrégé à la faculté de médecine de Montpellier et médecin aliéniste. »

Anaïs jette un regard à l'éditeur puis revient à Artaud.

« Un lien de famille ?

— Son oncle. Pour ce qui est de l'appareil, il suffit d'appliquer ses électrodes sur la tête du patient afin de le soumettre à une thérapie ondulatoire qui remédiera au désordre mental.

— Et cela a fonctionné pour vous ? » demande Louis Brun.

Anaïs sent le doute dans sa voix, c'est à peine s'il ne se vrille pas la tempe de l'index.

« J'ai été malade toute ma vie, répond Artaud. Je le sais, j'en souffre mais ne demande qu'à continuer. Je sais ce que je suis et cela me suffit. Longtemps je n'ai plus voulu entendre parler de cette machine, mais comme elle manifeste une connexion familiale avec l'éditeur, ce qui en renforcera l'effet, je me suis résigné à l'utiliser. Car l'heure est grave, l'élan vital de votre employeur est menacé. »

Ces fortes paroles imposent le silence. Louis Brun jette un regard attristé vers Grasset.

« Ce ne serait pas dommage car, voyez vous-même, il est morne, apathique, on le croirait nourri au gaz ! »

Il est temps d'intervenir. Artaud se lance dans ses exercices préparatoires, inspire longuement, puis expire, une fois, deux fois. Anaïs songe au landau sur les voies du chemin de fer, elle est en terrain familier. Puis il se frotte les paumes jusqu'à exercer un flux énergétique entre les mains, afin d'établir un couplage paramagnétique avec l'appareil. Enfin, il fait signe à Louis Brun.

« Ce n'est pas le tout, mais finie la rigolade ! »

D'un large revers de l'avant-bras, Artaud balaye le fatras qui encombre le bureau. Puis il saisit Grasset et le plaque sur le meuble, lui dégrafe son col de chemise avant d'enfourner un stylo-plume à pompe entre ses dents.

« Pour qu'il n'avale pas sa langue », précise-t-il au parterre.

Louis Brun laisse faire, se souvenant que, le mois dernier, il régalait son garagiste de conseils, jusqu'à ce que, parvenu à son point d'ébullition, l'homme de l'art menace de le talocher au cambouis. Les gens compétents sont parfois susceptibles.

Artaud fixe des électrodes aux tempes de l'éditeur.

« La machine est prête à fonctionner », dit-il en tournant la mollette.

Aussitôt le corps de Grasset est secoué de spasmes.

« Faudrait pas que vous me l'esquintiez ! réagit Louis Brun.

— Je sais comment ça se trafique là-dedans, canaille d'esprit ! »

L'aiguille du cadran oscille, Artaud augmente le flux. Grasset s'arc-boute, du sommet du crâne et talons, dos arqué, prêt à se rompre.

« Le patron n'est plus de la première jeunesse, vous ne craignez pas de lui faire péter le disjoncteur ? » s'inquiète l'associé.

Tout en surveillant les lampes triodes et la giration de la sphère, Artaud répond :

« Ce point-là est crucial. Il convient de provoquer chez le sujet une épilepsie heureuse, afin de dissoudre le chancre mental et rétablir son état par chocs successifs.

— Le transformateur est pratiquement en surcharge, fait remarquer Louis Brun.

— Poursuivons, car il le faut. »

L'air est à présent chargé d'ozone à quoi se mêlent des relents de cochon grillé, Anaïs fronce le nez, y applique un mouchoir parfumé.

L'aiguille du cadran devient folle quand soudain Artaud s'écrie :

« Le mal se résorbe, regardez ses yeux ! »

De gris d'huître au départ, le regard de Grasset tourne au bleu et gagne en éclat. L'éditeur s'affale du bureau, émet un gargouillis étranglé et crache son stylo.

« Pa… pa…

— Oui ?

— Pau… pauvre… Pauvre Brun. »

Les yeux de l'associé s'emplissent de larmes.

« Ah, cher vieil ami, je vous retrouve enfin ! »

Grasset s'assied, saisit son fume-cigarettes, regarde à l'intérieur, souffle dans l'embout. Puis il lisse sa mèche, ses lèvres s'étirent en une affreuse grimace. Parlant d'abord d'une voix calme au ton nasillard, il se met progressivement à hurler :

« Pauvre type qui depuis vingt-six ans me donne du Maître et me tond le dos par l'arrière ! Faussaire des carnets de souches, trafiquant d'écritures ! Hein, fripouille ? Qui s'est fait une véritable fortune avec des éditions rares, dont cinq exemplaires sur papier japon de *Du côté de chez Swann* ? Voleur de tirages de tête, d'ouvrages signés et numérotés, de lettres autographes, saligaud ! Tout cela pour s'acheter chaque année une nouvelle automobile afin d'y balader des poules de luxe à La Baule ! Sans compter que vous n'avez jamais été foutu de trouver un seul écrivain, espèce de locdu ! »

L'air impassible, minéral, semblable par sa haute taille à la statue du Commandeur, Louis Brun se tourne vers Artaud et Anaïs.

« Le voici guéri au-delà de toute espérance, il peut reprendre le gouvernail de sa maison. Je vous adresserai un chèque.

— Fort bien, dans ce cas nous allons vous laisser », conclut Artaud.

Louis Brun congédie chacun d'une poignée de main distraite, il est déjà passé à autre chose. Une fois remballée la machine et retrouvée la rue des Saints-Pères, Anaïs s'adresse à Artaud :

« Étrange cas, ce sont dans les moments de crise émotionnelle que les gens se révèlent. Vous aussi avez remarqué la ressemblance entre l'éditeur et le chancelier Hitler ?

— Je crois l'avoir rencontré à Berlin, en mai dernier, au *Romanisches Café*. Culottes en cuir et chope de bière, pas trop mon air. En effet, leurs colères sont parfaitement similaires, approuve Artaud.

— Pensez-vous qu'il s'agit d'un phénomène de contrôle à distance ? »

Artaud hausse les épaules.

« Allez savoir. Peut-être que le tyran cherche en effet à manipuler un éditeur français afin qu'il diffuse sa propagande. Ajouter la peste brune à la nôtre, ce ne devrait pas être trop difficile par les temps qui courent. Quoi qu'il en soit, nous n'allons pas prendre le train, direction l'Allemagne, pour mettre en demeure Hitler de s'expliquer. Mais l'on peut également supposer que l'atmosphère de Paris est à l'origine d'un simple effet de mimétisme. »

Au loin on entend le bruit d'une explosion, bientôt suivie par la sirène d'un camion de pompiers. Comme à chaque fois, la première réaction d'Anaïs est de craindre que son Journal brûle. Elle se reprend, Louveciennes est loin. Peut-être n'est-ce que l'écho d'une farce perpétrée par Harlequin et ses palotins.

« Aujourd'hui, vous avez vaincu la noirceur, dit-elle à Artaud qui part d'un rire sec.

— Soit, j'ai vaincu, si cela vous convient, mais dans quelle mesure ? Pour avoir beaucoup vécu, plus rien ne m'étonne. C'est pourquoi je pressens que l'avenir nous réserve d'atroces poésies. Il y a quelque part des forces errantes auxquelles nous ferions bien de prendre garde, la ville peut à tout instant éclater de terreur. »

Soudain, Artaud s'effondre contre la porte cochère, la boîte noire tombe dans le caniveau. Les mots peinent à sortir de sa bouche et s'ordonnent dans l'air plus ou moins.

« Cet effort m'a consumé, je sens mes fibres se tordre, mon esprit tombe en flaque. »

Anaïs se penche vers lui. Une essence subtile s'échappe de ses vêtements, à la fois âpre et douce, celle du désarroi de la vie.

Une voix pour apaiser, un sourire qui console, Anaïs caresse son front cireux.

« Comment puis-je vous aider ?

— Je dois reconstituer mon aura. Amenez-moi au sanctuaire. »

Anaïs siffle entre ses doigts comme si elle appelait Banquo. Un taxi s'arrête et, à grand renfort de Klaxon, les conduit sans heurt d'un arrondissement à l'autre de Paris.

9.

Le taxi les dépose dans le quartier de Bonne-Nouvelle, au bas de la rue des Degrés. Anaïs règle la course, laisse deux francs de pourboire, puis aide Artaud à s'extraire du véhicule. La boîte noire n'y est pas.

« Elle est restée dans le caniveau, je suis désolée.

— Ne vous inquiétez pas, Catherine la rapportera au camp », répond Artaud.

L'endroit n'apparaît pas comme un simple lieu parisien, mais comme un état de la ville qui peut à tout instant changer, en fonction des passants. Anaïs laisse aux images et aux sensations le temps de trouver leurs places, fixe la rue avant de la voir telle qu'elle est. Environ cinq mètres de long sur trois de large, la rue des Degrés est la plus courte de Paris. Les murs qui la flanquent n'ont pas de porte et leurs fenêtres sont murées.

« Nous sommes ici dans un nexus, le carrefour où se rejoignent les mondes... Un lieu relictuel, Paris y demeure inchangé », précise Artaud, le souffle court.

À peine tient-il sur ses jambes, Anaïs doit le soutenir, mais il s'obstine à parler.

« La rue doit son nom aux quatorze marches qui la composent. Une échelle, dont le dernier barreau atteint le ciel », dit-il en levant la tête.

Anaïs remarque alors le joueur d'orgue de Barbarie, en haut de l'escalier. Il semble les attendre.

« Vous voyez le dépeceur d'arpèges ? C'est un ange, vous devez me conduire à lui. »

Artaud pose le pied sur la première marche, aussitôt l'orgue se met à jouer. Une marche, Anaïs prend appui sur la rampe, une marche, pour mieux supporter le poids de son compagnon qui, une marche, progresse avec peine. Une marche, Anaïs a l'impression qu'on la frôle, une marche, un couple d'amoureux, translucide, une marche, qui descend, enlacé. Une marche, puis une autre au rythme des accords plaintifs de l'orgue qui dévide sa partition de papier troué, une marche, tandis qu'un commis-boucher transparent, en retard de livraison, traverse Anaïs et grimpe quatre à quatre.

Les voici arrivés, l'orgue s'arrête. Son joueur, un jeune Juif maigre, coiffé d'une casquette plate, portant foulard et veston aux revers élimés, prend le relais d'Anaïs. Il passe son bras autour des épaules d'Artaud, lui murmure quelque chose à l'oreille.

« Oui, merci, Jacob, je me sens déjà mieux. »

C'est vrai qu'il paraît revivre, délivré des faiblesses, Anaïs ne voit plus en Artaud que son anxiété naturelle.

Le joueur d'orgue disparaît, les laissant seuls rue Beauregard, près d'une colonne Morris, au point précis dans Paris où s'éparpille l'affection.

10.

Artaud se rétablit, sa détresse reflue par vagues, il fixe Anaïs d'un regard qu'elle ne lui connaît pas.

« Vous sentez ? L'air, autour de nous, se diffracte. Vous répandez une telle chaleur, une telle sympathie », déclare-t-il en lui pressant la main.

Anaïs est surprise et la retire.

« Vous fuyez mon contact ? » s'inquiète Artaud.

Elle aime sa flamme mais ne veut pas de ces rapports-là, d'un jeu qui se termine toujours de la même façon, par le soulagement de la rupture.

« Vous devez comprendre ce que j'éprouve à vous avoir rencontrée, plaide Artaud.

— Je crois comprendre, et ce n'est pas possible. C'est magnifique, mais ce n'est pas assez. Je désire autre chose entre nous, sur un autre plan. »

Artaud bégaie lorsqu'il est sur la défensive.

« Oh, ma… mais avec moi, c'est tout ou rien. Je suis effroyablement fidèle, terriblement sérieux, pas fait pour les désirs d'un seul soir. Ni même trop pour l'amour sensuel, il paraît que c'est important pour les femmes.

— Pas pour moi », ment Anaïs.

Parmi les futurs possibles, Artaud choisit le pire et se fend d'un oracle :

« J'en viens à regretter que nous ayons rêvé ensemble. Aujourd'hui, vous me faites l'aumône d'être là. Demain, vous me laisserez tomber. Je ne veux pas vous perdre.

— Vous ne me perdrez pas. »

Anaïs voit arriver le poseur de plaques. À nouveau, il tire de son harnais un disque en fonte et commence à creuser le trottoir.

Artaud joue son va-tout :

« Vous m'avez mis des mots d'amour dans la bouche.

— Il fallait les cracher. »

Artaud lui adresse un regard suppliant, celui d'un homme habitué à être déçu. Sa figure aux traits flous, comme dissouts à la chaux, attriste Anaïs. Lorsque quelqu'un souffre, sa joie est gâchée. Elle éprouve de la compassion et lui concède :

« Dites-vous bien que vous n'en avez pas encore fini avec moi. Nous pouvons être amis, et si un jour nous ne le sommes plus, je ferai en sorte de vous briser le cœur. »

Artaud hoche la tête.

« On dirait le début de quelque chose, ce n'est pas si mal. En attendant, je rêverai mille fois de vous, un millier de songes sans en réaliser un seul. »

Datée de ce jeudi, la plaque estampillée indique : « Ici s'achève, avant qu'elle ne débute, la romance entre Anaïs Nin et Antonin Artaud ».

11.

Anaïs doit être rentrée avant minuit. Pourtant ce n'est pas à Cendrillon qu'elle s'identifie, plutôt à Raiponce. Souvent, elle s'imagine écrire des mots sur ses cheveux dont elle fait une tresse, qu'elle jette par-dessus le mur de la maison pour fuir sa vie de banlieue et Hugo qui aurait dû être son prince. À l'âge de treize ans, Anaïs a rêvé de celui qu'elle épouserait. Il sera grand, fort, les cheveux noirs, des dents blanches et régulières, aimera les livres et passer ses soirées avec elle. Tout le portrait d'Hugo. Mais dans le rêve, Anaïs invitait son futur mari à apposer ses initiales dans le Journal, au côté des siennes. A.N. et…, ou A.N. et…, voire peut-être A.N. et…

H.G. ne figure sur aucune page.

12.

Hugo est revenu de Londres, ses clefs sont sur le vide-poche. Anaïs le rejoint au salon dont les murs sont couverts d'acajou. Assis dans son fauteuil préféré, un plaid écossais posé sur les genoux, Banquo à ses pieds, il fume la pipe et lit à la lumière d'une lanterne maure. Hugo vit au jour le jour, c'est déjà un miracle qu'Anaïs rentre à la maison. Il lui sourit sans poser de questions.

Les jeudis, Hugo ne relève rien de ce qui la concerne. Anaïs voudrait qu'il soit en colère. Elle pleure, parce qu'Hugo pardonne à chaque fois tout en poursuivant sa lecture.

« Je te pardonne, Chaton », dit-il en tournant la page.

TROISIÈME JEUDI

Je ne sais pas exactement ce qui se passe à Paris, mais l'air semble rempli de sensualité. Et elle est contagieuse.

Anaïs Nin

Oui, la peste, c'est bien ça !

Henry Miller

1.

« Est-ce que tu couches avec Henry ?

— Non. »

Premier mensonge de la journée. Ah, non, deuxième, Anaïs n'a pas non plus dit la vérité sur ses dépenses. Elle a explosé le budget du mois pour venir en aide aux Miller. Eux, au moins, la défatiguent de la vie ordinaire. *Ces* Miller, comme les appelle Hugo, qui méprise mais ne ment jamais.

« Il fait beau, pourrait-on au moins se disputer dans le jardin ? suggère Anaïs.

— Pour voir pousser les narcisses ? Non, merci, entre toi et Henry j'ai mon compte d'ego centrés sur eux-mêmes. »

Son mari, grand, magnifique, jaloux enfin. S'il n'était que cet homme, Anaïs n'aurait aucun mal à l'aimer. Au lieu de quoi, elle finit toujours par lui revenir.

« Chaton, je préfère souffrir que de ne pas savoir. Laisse-moi connaître tes secrets. »

Anaïs porte la main à son cou. La chaîne en or y est encore, où pend la clef du Journal. Hugo a compris que l'exemplaire en cuir vert qu'elle laisse traîner est un faux. Il l'appelle le *liary*, contraction de *liar* et *diary*, le journal mensonger. Le banquier aime les obligations à risques, sauf la permission du jeudi accordée à Anaïs. L'amour coûte plus qu'il ne rapporte.

« Franchement, Hugo, ce sont des scènes pour rien. Tu ne peux aimer et te méfier, je ne suis amoureuse que des écrits d'Henry.

— Et c'est censé me rassurer ? Autrement dit, je ne possède qu'une moitié de toi.

— Celle que tu veux que je sois. J'ai l'autre moitié à vivre. »

2.

Anaïs a retrouvé Henry dans une chambre de l'*Hôtel Central*, 1bis rue du Maine, là où, en octobre 1931, leur liaison avait commencé. La faute en revient à Hugo. Jamais il ne se laisse aller dans le plaisir qu'il règle rapidement, comme une transaction boursière. Alors Anaïs simule. Son sexe est trop gros pour elle, qui déteste la fellation. Sans compter le trop-plein d'affection qu'Anaïs ressent et qui serait gâché car Hugo n'en a pas besoin. L'insatisfaction est mutuelle.

Avant leur mariage, Anaïs n'a pas eu d'amant. Elle se souvient, à l'âge de quatorze ans, avoir dit à des Français qu'elle voulait connaître beaucoup d'aventures. Ils avaient ri sans qu'elle comprenne pourquoi. Lorsque le couple est arrivé à Paris en 1924, Hugo a sous-loué l'appartement de Mr. Hansen, un Américain célibataire, absent pour l'été. Les murs du salon étaient couverts de photos de femmes nues, découpées dans des revues de charme. En haut de la bibliothèque, Anaïs a trouvé des livres brochés, aux couvertures explicites, qu'elle a lus en cachette. L'innocente est devenue diplômée en sciences érotiques, il ne lui manquait que la pratique.

Hugo n'est pas intéressé. Il aime sa femme de tout son cœur, pas de tout son corps. Le couple Guiler s'en ressent, Anaïs suggère de pimenter leurs rapports. Un jour qu'ils marchent dans Paris, une prostituée les racole. Elle est petite et a de beaux yeux, sans plus, d'un gris de trottoirs à force de les voir. Presque timide, mais d'une naïveté provisoire, la fille les mène d'un hôtel à l'autre, en cherchant la chambre parfaite. Hugo dit qu'il s'ennuie.

Ils finissent au 32 de la rue Blondel, dans un hôtel de passe que fréquente Henry Miller, inutile d'en informer Hugo. Confort moderne, eau courante chaude et froide, gaz et électricité à tous les étages, chambres hygiéniques louées à l'heure, les rideaux en sont tirés au beau milieu de la journée, comme dans un endroit tranquille. Le comptoir de la réception est couvert d'une plaque en verre, sale et piquetée, sous laquelle on devine des cartes postales, falaises d'Étretat ou clichés érotiques empruntés à la collection *Paris-vécu*. Sans piper mot, le gérant saisit une clef sur le panneau mural en liège, qu'il tend à la fille. Elle est rejointe par une autre qui attendait assise près d'un rideau en perles de bois. Brune, peignoir entrebâillé, un bas filé, vulgaire et vive, elle complimente Anaïs pour son vernis à ongles nacré, hume son parfum afin d'en estimer le coût. C'est elle qui prend les choses en main.

« Ça vous dirait qu'on joue notre répertoire ? »

Anaïs se tourne vers Hugo qui hausse les épaules. Ils montent au premier, entrent dans une chambre aux murs tendus de velours rouge, à l'éclairage tamisé. Sur le plafond un miroir est placé au-dessus du lit bas. Hugo paye d'avance. Les filles font leur toilette dans le bidet tout en échangeant des mots couverts par les bruits d'eau, des affaires sans importance que peuvent entendre les clients.

Puis elles s'y mettent en prenant tout de suite des poses de lesbiennes, ou l'idée qu'on s'en fait. La brune fait l'homme. Elle embrasse les seins de sa partenaire, ses doigts lui frôlent le sexe puis la pénètrent, à l'efficace, caresses gauches des gestes appris. Quand la main fatigue, elle s'attache autour des reins un pénis en caoutchouc, d'un rose criard pour prothèses médicales, et prend l'autre par-derrière.

« La vierge ouvrante », précise-t-elle en astiquant.

Hugo tourne autour du lit, mains dans les poches, comme en visite au Jardin des Plantes.

« L'amour dans un taxi, l'amour à l'Espagnole, l'amour lorsque vous n'avez pas de quoi vous payer l'hôtel », commente la petite dans le plein de l'effort, pour faire rire.

Il y a du métier mais l'ardeur n'y est pas, de l'ouvrage exécutée sans âme, résignation de l'habitude comme on se fait aux tristesses lentes. Anaïs les observe dans le miroir du plafond. Peut-être chacune pourrait-elle mieux s'entendre avec le reflet de l'autre, ou avec le sien.

La scène s'achève dans une brusquerie comique, deux cris à l'unisson pour satisfaire l'assistance. La brune propose au couple de les rejoindre pour une partie carrée. À quoi pense-t-elle ? s'étonne Anaïs. Se mettre nu devant quelqu'un d'à peine rencontré est une promesse de risque, un espoir, un pari. Bien sûr, c'est différent pour elle qui en a fait son gagne-pain.

« Monsieur voudrait peut-être que je lui fasse le bâton de majorette ? » insiste la brune.

Hugo dit qu'ils ont leur train. En rentrant, ils font l'amour avec violence.

« On devrait remettre cela plus souvent. Je pourrais t'accompagner les jeudis », lâche Hugo.

Anaïs voit le risque que ses jours libres deviennent une corvée. C'est pourquoi elle est retournée auprès d'Henry, parce qu'il est l'opposé d'Hugo. L'un est brun, mesure un mètre quatre-vingt-dix, un corps anguleux, viril ; l'autre est petit, maigre, à moitié chauve et vulnérable, souvent perdu, parle avec l'accent de Brooklyn quand Hugo s'exprime en bostonien. Son mari travaille dur, rentre souvent de Paris par le dernier train, prend une douche et repart à la National City Bank, alors qu'Henry dépend d'Anaïs pour vivre. Il rit souvent, ce qui déplaît à Hugo car le rire est contagieux et vous fait perdre contenance. Mais surtout

Henry veut simplement baiser, sans tendresse ni affection, et la fait jouir.

Hugo ne vit que pour moi. Pour Henry, il n'y a que moi, songe-t-elle en arrivant gare Saint-Lazare.

Anaïs aime la pureté mais elle a besoin de l'impur.

3.

Fondée en 1932, Obelisk Press est une maison d'édition spécialisée dans les romans érotiques. Elle est située 16 place Vendôme, non loin de la Banque de Paris. Sexe et finances, Anaïs y voit comme un résumé de sa présente condition.

Paris s'amuse.

Elle est assise face à Jack Kahane. Britannique d'ascendance roumaine au mitan de la quarantaine, grand et sec, l'air sévère avec ses lunettes aux verres ronds cerclés de fer, il a l'air d'un pasteur luthérien, ce qui ne l'empêche pas d'accumuler les maîtresses. Il a épousé une Française, Marcelle Girodias, qui réalise les couvertures des livres. Une affaire de famille, le libertinage fait bon ménage.

L'éditeur s'est spécialisé dans les romans anglo-saxons censurés. Bons ou mauvais peu importe, il en achète les droits et les publie en France, échappant ainsi à l'interdit. Kahane commande aussi de nouveaux titres à des auteurs sans le sou, qu'il paye un dollar la page. Selon lui, la faim stimule l'imagination, et le meilleur de l'érotisme vient d'estomacs vides. Il contribue également à son catalogue en publiant des romans sous une palanquée de pseudonymes. Le tout est vendu, principalement aux touristes, dans les sous-sols de la librairie franco-américaine Brentano's, avenue de l'Opéra. Chaque nouvelle parution fait scandale, ce qui est excellent pour la promotion.

« Voyez-vous, chère amie, je n'ai que faire de l'avant-garde, Contact Publishing Company, la librairie Shakespeare and Company, ou Black Manikin Press dont la survie ne tient qu'à l'acharnement thérapeutique d'Helena Rubinstein et ses produits cosmétiques. Le maquillage venant au secours de la prétendue sincérité artistique, admirez l'ironie. »

Anaïs apprécie Rubinstein et ses soins pour la peau mais se garde bien d'objecter.

« Et je ne parle même pas de la revue *transition*, sans majuscule, hein, il ne faudrait pas qu'il y ait maldonne, on fait dans la poésie expérimentale ! »

Anaïs y est abonnée et passe des heures à rêver devant les couvertures de Miró, Kandinsky ou Duchamp. Mais à nouveau, elle préfère se taire.

« Non, gardez vos têtes, je prends les trous. Moi, je vends tout ce qui fait bander ou mouiller », assène Kahane qui a le slogan spontané.

L'idée d'une maison d'édition érotique lui est venue lorsqu'il lisait des romans licencieux, durant sa convalescence au sanatorium de Durtol. Il a été gazé pendant la Grande Guerre, comme Allendy songe Anaïs, et se déplace avec une canne au pommeau en corne de chamois albinos.

Il est temps d'en venir au fait, Anaïs ouvre son sac à main et en tire un rouleau de billets qu'elle dépose sur le bureau.

« Le compte y est », précise-t-elle.

Kahane l'empoche sans vérifier. Cinq mille francs prélevés sur l'argent du foyer, Hugo l'ignore, Henry n'aura pas à rembourser.

« Très bien, je publierai donc les nouvelles de votre ami. Mais il faudra trouver un autre titre que *Carnets parisiens* qui est un véritable tue-l'amour. À présent, je souhaiterais vous parler d'autre chose… »

Coudes posés sur le bureau, l'éditeur joint ses doigts en pointe de flèche. Par association d'idées, le regard d'Anaïs se porte sur l'obélisque miniature qui sert de presse-papiers, comme une érection valant pour manifeste.

« Certains collectionneurs, qui compensent leurs frustrations par le vice imprimé, sont disposés à payer le prix fort pour des plaquettes à tirage réduit, disponibles uniquement par souscription. Ma chère, j'aimerais que vous me donniez des contes érotiques. Rien de trop long, mais voluptueux. »

Anaïs est perplexe. Elle ne planifie rien, écrit spontanément, sans se soucier d'une intrigue, de fabriquer des personnages, ou de prévoir une conclusion. Et puis la fiction donne du sens, explique tout, contrairement à la vie.

« Mes histoires seraient moins bonnes que le Journal, puisque j'y mets une part de moi-même. »

Une pointe d'agacement derrière les lunettes, Kahane rétorque aussitôt :

« Je m'attendais à une objection dans le genre, Miller m'avait prévenu. Permettez-moi de vous dire, en toute amitié, que votre journal est nocif, c'est un prétexte pour contourner la véritable création. »

Anaïs sait reconnaître un *non* quand on lui en sert un. Le pire est que l'éditeur dit vrai. Lorsqu'elle a tenté d'écrire de la fiction, le Journal lui marchait sur les pieds, bon danseur mais cruel partenaire qui n'admet que son rythme. Anaïs ne peut les faire vivre ensemble sans trahir l'un et l'autre.

Kahane fait semblant de réfléchir mais il a déjà sa parade.

« Dans ce cas, pourquoi ne pas tenter une forme intermédiaire, entre vérité et invention. Que diriez-vous d'une série de reportages sur le Paris coquin ?

— C'est une chose de parler un peu d'érotisme, c'en est une autre que d'en faire le thème d'une série », objecte Anaïs, sans conviction car elle est tentée.

Kahane se redresse, fait le tour du bureau en prenant appui sur sa canne.

« Pour l'amour du ciel, que me chantez-vous là ? Tout dans Paris est un festin de luxure, même les bouches du métro appellent les baisers. Les couples s'embrassent sur les bancs, aux tables des cafés, se caressent dans les cinémas et les jardins publics. Sans compter les boutiques de dessous transparents, cartes postales licencieuses vendues à la sauvette, machines à sous qui projettent des films pornographiques dans certaines salles discrètes, strip-tease et revues légères… Où que l'on regarde, il s'y passe du lascif. Alors, qu'en pensez-vous ?

— Pourrais-je y mettre quelques pages du Journal ? »

Kahane balaye la suggestion d'un moulinet de canne.

« Arrêtez avec ça, cessez de réfléchir, laissez-vous aller, rien dans la tête et Paris entre les jambes, enregistrez tout, comme une espionne dans la maison de l'amour. »

4.

Anaïs est au Wepler, place Clichy, assise devant un petit bossu. C'est son deuxième, et le café-calva ne parvient pas à dissiper sa tristesse. En cet instant, elle déteste le Journal parce qu'il lui est d'une loyauté exclusive. Comme Hugo, si fidèle, le Journal ne la trompe jamais, tous deux exigent la vérité.

Alors Anaïs se réfugie dans les rêves, parce qu'ils sont composés d'une seule phrase, sans souci de grammaire, d'orthographe, ou de dialogues qui sonnent faux. Elle en est la seule lectrice, à l'abri des critiques.

Henry est le plus cruel d'entre eux car il est sincère. Il crible ses manuscrits de points d'exclamation, les hache de ratures, annote les marges, comme un professeur consciencieux. Ce qu'il a été, répétiteur d'anglais au lycée Carnot de Dijon. Hugo lui a dégotté le poste afin qu'il lui soit redevable. Henry a tenu trois semaines, mais il est toujours là pour corriger Anaïs.

« Non mais vise-moi ça, putain, trop de mots, réfléchis à ce qu'ils signifient avant de les éparpiller un peu partout ! »

Personne ne se souvient vraiment de la première fois où l'on entend un mot. Lorsqu'elle était petite, Anaïs arrêtait sa lecture pour en chercher le sens dans le dictionnaire. Elle voudrait les employer tous, même les mots abîmés, qui ont perdu leur signification à force d'être usés, comme de vieilles hardes chez le fripier.

« Et c'est quoi tous ces *merveilleusement*, *terriblement*, tu fais un élevage d'adverbes ? »

Elle ne s'en rend pas compte. À l'école, Anaïs accumulait les points de démérite, la faute à sa distraction qui lui fait oublier qui, quoi, quand. Elle a récolté tellement de ces petits bouts de carton, lui disaient les sœurs, qu'elle pourrait s'acheter le purgatoire. En présence d'Henry, elle croit l'avoir fait.

« Regarde ce qui cloche là-dedans, en anglais, en français, en espagnol et dans n'importe quelle foutue langue ! »

Depuis toujours, Anaïs est convaincue que, si l'on connaît trois langues, on vit de trois façons différentes. Elle aime en français, pense en anglais, et préfère oublier l'espagnol qui lui rappelle trop les drames familiaux. Mais si elle commet des fautes dans chacune, quelle est sa vie ?

« Et puis apprends à poser tes virgules, bordel, le diable est dans la ponctuation ! »

À chaque fois, Anaïs vit une épreuve car lorsqu'Henry lui pointe une faute, elle n'arrive pas à la voir. Elle a l'impression d'être un peintre daltonien.

« Quand tu écris, quelle est ta putain d'intention ? »

Anaïs redoute qu'on lui pose cette question dont elle ne comprend pas le sens. Depuis l'âge de treize ans, elle écrit pour écrire, voilà tout, pourquoi demander l'intention d'un écrivain ? Henry saisirait l'occasion pour dire qu'il veut faire chier la société, emmerder Dieu même s'il est mort, mais Anaïs ne sait quoi répondre. Elle veut rapporter les événements de la journée avant qu'ils ne s'effacent de sa mémoire, mais le fait même de les décrire établit une distance, fige les émotions en mots. Lorsqu'elle se relit, Anaïs n'éprouve plus grand-chose, comme si le Journal la purgeait. Bien sûr elle pourrait mentir, s'inventer une intention, mais préfère ne rien dire.

« Tout ça est profond, au sens de creux, poursuit Henry. Les choses arrivent d'un coup, sans liaison entre les épisodes, aucun sens de la narration, pas une once de ressenti, tout sonne faux dans les émotions. Bon Dieu, vire-moi ces préciosités et arrête de faire du Proust.

— Oui, mais en plus dynamique.

— Merde, ne cherche pas chez d'autres la justification de tes erreurs ! Tout le problème vient de ce que tu te laisses influencer par ta propre écriture, il faut que tu rompes avec toi. »

La voici rhabillée pour l'hiver, mais les tenues ne lui plaisent pas. Anaïs souffre des « con, merde, putain, bordel » dont l'accable Henry qui s'exprime toujours pour tourner en ridicule et détruire. Il est sans cesse contre quelque chose, la colère l'alimente comme un combustible, au point qu'Anaïs note ses rares moments de gentillesse. Pourtant son écriture, qui semble à tort d'un vulgaire facile, est parfaite.

Anaïs observe ses reflets sur les vitres du Wepler. Une Anaïs fait les courses à Louveciennes et croise la Femme aux chats, une autre se rend à un gala de bienfaisance, celle-ci prend un bain, toutes sont fatiguées. Anaïs appuie son front sur une vitre, pour s'assurer que ses doubles lui demeurent solidaires. Elle doit croire en elle-même parce que personne d'autre ne le fait. Sauf Henry, même si ses leçons l'exaspèrent, car il veut la faire progresser.

Très bien, Anaïs écrira ses reportages, une série qui pourrait s'appeler *Paris la peste*. Il faudra voir et faire en prenant Henry comme guide, car il dit la vérité et connaît tout du sexe sans amour. Il sera son détecteur de mensonges dans l'univers anonyme de la baise.

Après tout, même la vérité est nue.

5.

Les Miller habitent Clichy, dans un modeste immeuble de brique au 4 avenue Anatole-France, à deux pas de Montmartre et de la place Blanche. Avant que June ne le rejoigne, Henry dormait par terre dans le bureau d'Alfred Perlès, à l'antenne française du *Chicago Tribune*, ou partageait sa chambre au sordide *Hôtel Central.* À présent, Perlès vit avec le couple dans l'appartement que loue Anaïs, deux chambres séparées par un couloir, cuisine et salle de bains.

Chaque moi, Anaïs verse plus de mille francs à Henry, afin qu'il puisse écrire sans se préoccuper de rien. Elle l'habille et lui offre des cadeaux, dernièrement sa propre machine à écrire Underwood, et un gramophone sur lequel il passe à longueur de journée ses disques de Bach et Beethoven, jusqu'à ce June menace de les lui briser sur le crâne. Alors il arrête car elle en est capable.

Anaïs grimpe l'escalier étroit et frappe à la porte. Perlès lui ouvre, cheveux en bataille, le visage chiffonné de sommeil, vêtements froissés, il a dormi tout habillé. Anaïs ne l'aime pas car il est le souffre-douleur d'Henry et l'amoureux éconduit de June. Un clown qui ne fait pas rire, ou alors à ses dépens. Anaïs trouve une consolation mesquine dans le mépris qu'ont pour lui les Miller. Elle aimerait partager leur vie.

« Vous venez voir Henry ? » demande Perlès.

Son haleine est chargée, sardines à l'huile et vin d'Algérie.

« Oui.

— Il n'est pas là, et June dort encore. »

Anaïs est à la fois déçue et rassurée. L'absence d'Henry l'ennuie, mais au moins le couple ne la prendra-t-il pas pour arbitre. Henry et June sont en guerre, se mentent l'un à l'autre, et lui racontent leurs versions des mêmes disputes, à ce point différentes qu'on les dirait concertées. À chaque fois, Anaïs se trouve prise entre le talent d'Henry et la beauté de June.

« Puis-je entrer ? »

Perlès s'écarte pour la laisser passer. Un remugle de tabac et chou-fleur flotte dans la pièce principale qu'encombre un invraisemblable fatras de casseroles et plats dépareillés, de meubles bancals trouvés aux puces de Saint-Ouen, sur lesquels on a jeté çà et là des vieilles chemises d'Henry, achetées par Anaïs et qui servent de torchons, et de la lingerie en soie. Posée sur un tapis sale, la table est couverte de cendres de cigarettes et de miettes de pain, encombrée par les manuscrits et livres qu'Henry ne prend jamais la peine de débarrasser, y compris pour les repas. Anaïs remarque parmi les ouvrages *Creon* de Hunter Rose, *Nobody's Baby* de Gulliver Fairborn et *Pomes Penyeach* de James Joyce, tous trois parus chez Obelisk Press. Il manque la machine à écrire, Anaïs en fait la remarque.

« Henry l'a mise en gage pour offrir une tournée, cela vous dérange ? » répond Perlès avec un air de défi qui lui va comme un costume trop grand.

Oui, c'est vraiment contrariant, de quoi avoir un cheveu blanc. Anaïs se mord les lèvres, ne prend pas la peine de lui répondre, surtout pour lui dévoiler ce qu'elle ressent, tandis qu'il se verse un bol de café. Elle le laisse petit-déjeuner, il est deux heures et quelques de l'après-midi, et s'approche du mur couvert d'articles, feuillets de notes et photographies, superposés en couches. Henry arpente jour et nuit les rues de Paris. Il marche sans but précis, variant les itinéraires au gré de sa déambulation, et relève tel porche, une fenêtre, un réverbère, la rotondité d'un square, une carriole de foin, les pissotières mais on l'a déjà dit, cette librairie dissimulée dans un recoin, les jeux brutaux des terrains vagues et la buée sur les vitres, ce pittoresque qui n'a rien de frappant. Tout cela est stocké dans le cabaret chinois de son esprit, et finira dans une nouvelle, ou nourrira le roman qu'il se promet d'écrire. Anaïs pense aussi qu'il fuit June. Leurs querelles consument toute son énergie, après il n'a plus assez de colère pour écrire. June lui vole sa rage, met en péril son talent. Alors Henry se perd parmi la foule sans jamais s'y égarer, jusqu'à diluer dans l'esprit collectif sa faiblesse, faite de rancœur et jalousie, avant de pouvoir rentrer.

Anaïs étudie la composition murale et s'avise que tout est ordonné autour de trois stations de métro. Grand-Saint-Antoine, Porte Molitor, Haxo, un schéma général qu'elle a déjà vu chez Artaud. Elle se souvient alors qu'Henry a laissé tomber son travail de correcteur au *Chicago Tribune*, payé quarante-cinq dollars par mois, pour un salaire plus conséquent comme enquêteur à la Jabberwhorl Cronstadt. Là aussi, Hugo lui a trouvé cet emploi, via l'avocat Richard Osborn, et toujours pour placer Henry en situation de débiteur.

Pourquoi s'intéresser aux rues et stations ? se demande Anaïs. Elles n'ont d'intérêt que comme décor d'un drame.

« Le trouillard n'est pas là », dit une voix derrière elle.

Anaïs se retourne et voit la plus belle femme de la terre.

6.

Lorsque June apparaît, le monde renaît. Elle peut surgir n'importe où, au coin d'une rue, dans un bistrot, derrière le marbre d'une boucherie, adossée à un platane, sur un banc face à la morgue par un matin pluvieux, à chaque fois la réalité s'en trouve mieux, quitte à en payer le prix.

June est grande, chausse du quarante et un, elle a un dos large et fort, le corps musclé d'une danseuse. Ce qu'elle a été, c'est d'ailleurs ainsi qu'Henry a pu venir à Paris. June a rassemblé l'argent du voyage en s'exhibant devant les clients d'un bar à Times Square. Puis elle a recommencé pour s'acheter un billet. Henry la dit faible face à la vie parce qu'elle se débrouille mieux que lui.

« Salut la compagnie ! »

Sa voix est chaude, presque rauque, envoûtante. En la voyant, Anaïs et Perlès tombent sous le même sort.

Les cheveux blonds relevés sur la tête en un chignon négligé, d'où s'échappe toujours une mèche qui lui retombe sur l'œil, elle a un profil de chasseresse, le visage d'une blancheur surprenante, sourcils en accents circonflexes, regard qui capture, une fossette désarmante, une grande bouche mal fardée au rouge à lèvres noir qui lui fait la bouche d'Artaud. À ceci près qu'elle sourit fréquemment, la plupart du temps pour des raisons qui échappent au grand nombre. On ne peut jamais prédire ses réactions, pour Anaïs elle a la beauté et la folie d'un pur-sang arabe.

June porte toujours une seule boucle d'oreille, un œil-de-chat et, à l'ossature fine de son poignet, un bracelet en chrome serti d'une fausse pierre qu'Anaïs convoite, afin de posséder une part de sa liberté. Aujourd'hui June est vêtue d'un veston d'homme trop petit pour elle, passé sur un maillot de corps, de blue-jeans crasseux et est chaussée de sandales. Une tenue qui convient à ses manières directes de garçon.

June dévisse la tête du gramophone, qu'elle fourre dans son énorme sac d'où peuvent surgir des univers entiers et, sans un regard pour son colocataire, s'adresse à Anaïs.

« J'ai une dalle d'enfer, si on allait bouffer ? »

7.

Adossées au vitrail qui fait devanture, Anaïs et June sont *Chez Suzy*, au 7 rue Grégoire-de-Tours, le rendez-vous des souteneurs. Les hommes boivent, Pernod ou Picon-bière, et surveillent les filles tout en tapant le carton ou en lisant *Paris-Sport*.

Anaïs commande une simple omelette, elle n'a jamais beaucoup d'appétit, contrairement à June qui vit trop souvent de l'air du temps. Elle ne consulte pas le menu écrit à l'encre violette et réclame une entrecôte. June la dévore à pleines dents, en inventant des histoires grivoises dont elle est toujours la vedette. Typique. June ne voit pas l'intérêt d'anecdotes dont elle n'est pas le centre d'attention. Seuls ses rôles la préoccupent, elle les joue jusqu'au bout pour susciter l'admiration des autres. En souhaitant se raconter, June renonce à sa propre identité pour devenir un personnage. Elle existe à travers la fantaisie, pas dans le monde où vit Henry.

Leur vie de couple est pleine d'histoires mais Henry ne tolère que ses propres fictions. June lui a raconté différentes versions de son enfance. Elle était d'abord fille de Gitans roumains, son père jouait de la guitare. Guère convaincu, Henry l'a emmené à *La Sarmale*, un restaurant roumain de la rue Fromentin. Pour la confondre, il lui a demandé de parler aux serveurs. June lui a alors sorti, sans se démonter, qu'il n'écoutait rien, « Est-ce qu'il t'arrive jamais de le faire ? », qu'elle lui avait dit être née sur la route, d'une mère trapéziste et d'un père magicien de cirque, parti avec une autre juste après sa naissance. Puis elle a commandé à boire en balançant un tombereau d'injures, ce langage de charretier qu'ont en partage les Miller. Peut-être la seule chose qui leur reste en commun.

Henry s'est confié à Anaïs : « Le seul mystère est qu'il n'y a pas de mystère, qu'elle est vide, qu'il n'y a pas de June. » Selon lui, tout est mort entre eux, comment alors peut-il lui être fidèle ? Anaïs n'en croit pas un mot. Henry et June sont attirés comme des opposés. Elle a besoin de créer l'illusion, lui de la dénoncer.

« Le type me dit qu'il aimerait me pilonner contre un réverbère… », poursuit June en sauçant son assiette.

Anaïs n'écoute plus, elle a reconnu la fille, croisée avec Hugo, qui les a conduits à l'hôtel. Elle paraît se disputer avec une autre, plus âgée, qui devait être belle quinze kilos auparavant. Toutes deux prennent leur maquereau à témoin. Anaïs comprend que c'est un barbeau, dont les préférences vont à l'une et pas à la doublarde, et qui fait croire à chacune des gagneuses qu'elle est sa favorite. Fille à tout le monde, elle se vend aux autres mais se donne à lui.

Elles jacassent leurs jalousies en voulant les étayer de preuves, interrompant la partie de cartes. Le mac réagit, pour montrer aux hommes qu'il en est un, et s'adresse à la plus vieille :

« Non mais des fois, faudrait pas te faire des idées, tu connais le métier, c'est pas comme si t'étais toute neuve devant la vie ! »

La fille vacille sous la douleur qui la ploie, Anaïs voit dans ses yeux comme un début de larmes, un début seulement car le chagrin l'a depuis longtemps asséchée. Le mac continue, enchaîne les blessures d'orgueil à vous faire saigner le cœur. Sa bouche ne semble être faite que pour énoncer le vil. On rit autour de la table, tout de même que la plus jeune. Elle sait, maintenant, ne pas être la doublarde et peut faire la rosse en se donnant des airs.

Prise par l'inquiétude, l'autre insiste, d'une voix qui espère.

« Je suis comme ça, c'est comme ça que je suis », répète-t-elle comme s'il lui fallait digérer l'évidence.

L'homme en a assez et lève une main épaisse, large comme un battoir.

« Et ça veut crâner ? Viens ici que j'te flaupe ! »

Il y a une limite à la souffrance mais non à la crainte, la fille recule sous les rires de sa pauvreté.

« Bon, ben j'ai ma vie à faire », dit la doublarde, manière de calmer son monde.

Elle renonce et se contentera de la monnaie du pain. La fleur de trottoir va se replanter sur le pavé, Anaïs a de la peine pour elle. On croit que les putains sont comme des institutrices, qu'elles aiment leur métier. Chacun les voudrait maîtresses, mais d'école, qu'elles se livrent aux amours faciles par vocation.

Le mac parle aux hommes. Ils se lèvent en silence et marchent vers la doublarde, déverrouillent leurs gueules pour lui promettre qu'il va pleuvoir, un torrent de foutre rien que pour elle. À cet instant, Anaïs les hait, June paraît deviner ses pensées.

« J'aimais Henry et j'avais confiance en lui, mais il est comme ces types, un lâche sans loyauté. Ce n'est pas l'amour qui mène sa vie mais la peur.

— Comment pouvez-vous le comparer à eux ? objecte Anaïs.

— Il se fait entretenir par une femme et m'a trahie avec elle, vous êtes bien placée pour le savoir. »

Anaïs sent l'orage arriver. June ne tient pas en place, se tord sur sa chaise.

« Vous me détestez ? demande Anaïs.

— Oui, mais que cela ne nous empêche pas d'être amies. »

June allume une cigarette avec un briquet tempête, s'y reprend à plusieurs fois car ses mains tremblent, et poursuit :

« Mais le pire est qu'Henry déforme qui je suis dans ses textes. Il me complique, crée une June cruelle qui n'est pas moi. Tout est faux, archi-faux, je veux me dépoisonner de lui. »

Anaïs ne dit rien et règle la note en laissant un pourboire extravagant.

« Pourquoi êtes-vous venue ? » demande June.

Anaïs lui parle des reportages érotiques. Elle souhaitait voir Henry qui possède une plus grande connaissance de ces choses.

« Je veux des expériences qui soient à la hauteur », conclut-elle.

Contre toute attente, June rit, parce qu'Anaïs est sincère.

« En faisant votre portrait, Henry a omis l'essentiel. Vous êtes forte, Anaïs, je vois en vous une part de moi, la June dont il souhaite se saisir. Voulez-vous que je sois votre guide ? »

8.

Avant de se lancer dans le salace, June doit d'abord livrer la tête enregistreuse du gramophone.

« Pourquoi ? c'est un objet usuel, s'étonne Anaïs.

— Alors là, aucune idée. Une demande de la Jabberwhorl Cronstadt. C'est Henry qui devait s'en charger, mais vous savez qu'on ne peut compter sur lui. »

Sujet qui fâche, Anaïs évite de relancer.

« Où doit-on se rendre ?

— Chez William Seabrook, répond June. Vous le connaissez ? »

Anaïs en a entendu parler. Vétéran de Verdun, gazé comme Allendy et Kahane, Anaïs a lu quelque part que chaque gaz mortel a son odeur, violette, maïs ou géranium. Un parfum pour chacun. Décoré de la Croix de guerre, journaliste, bourlingueur, Seabrook a vécu chez les Yacoubas de Côte d'Ivoire et les Habbés en pays Dogon. Hugo a aimé son livre, recommandé par Paul Morand qui en a signé la préface, *L'Île magique*, dans lequel il raconte son initiation au vaudou en Haïti.

« On ne va pas s'envoyer la route à pied », décide June.

Pourtant c'est à côté. Anaïs soupire, se dit que mieux vaut satisfaire les caprices de June, retourne *Chez Suzy*, avise la plaque émaillée aux lettres dorées indiquant : *téléphone*, *toilettes* et commande un taxi. Elles s'apprêtent à y monter lorsque deux hommes les accostent. Ils portent chapeau Fedora et manteau, partagent un même air de bureaucrate qui pourrait être agent de terrain, Anaïs les identifie comme étant américains.

« Madame Miller ? demande l'un d'entre eux.

— Ça dépend pour qui, réplique June.

— Nous voudrions vous poser quelques questions, fait l'autre.

— Y a-t-il un problème ? » interroge Anaïs.

Les deux hommes lui sourient à l'unisson.

« Non, madame Guiler, rassurez-vous. »

D'où connaissent-ils son nom ? Le chauffeur s'impatiente et klaxonne, June extrait de son sac la tête du gramophone. Elle la confie à Anaïs, l'un des deux hommes approuve.

« Allez-y sans moi, je vous rejoindrai. »

June donne l'adresse au taxi, mais c'est l'un des hommes qui règle d'avance la course avec une grosse pièce en or de trois dollars. Le chauffeur nourrit aussitôt de meilleures dispositions.

« Madame Guiler, vous avez le bonjour de maître Osborn », dit l'un des hommes en lui ouvrant la portière arrière.

Richard Osborn, l'ami d'Hugo mais surtout l'avocat de la Jabberwhorl Cronstadt, Anaïs veut demander quelque chose quand le taxi démarre.

9.

Lorsqu'il séjourne à Paris, William Seabrook descend dans un petit hôtel au 6 place de l'Odéon. Tandis qu'elle monte l'escalier, Anaïs entend *L'Oiseau de feu* de Stravinsky, rythmé par le son de tam-tams. Elle parvient à la porte où est punaisée une feuille indiquant :

OUI C'EST ICI.
ENTRÉE 2 Francs, 50 CENTIMES DE SUPPLÉMENT
POUR VOIR LA BÊTE
EN LIBERTÉ SUR LA TERRASSE.

Anaïs hésite à toquer pour ne pas interrompre le ballet. Hugo écoute *L'Oiseau de feu* lorsqu'il est confronté à un problème, apprécierait-il l'ajout des percussions ? Comme la *jam-session* est partie pour durer, elle se décide à entrer.

Seabrook est assis en tailleur sur le plancher et frappe des congas. Tandis que joue le gramophone-valise, sa voix de basse psalmodie :

« AtibonLegbatueslegardienlaissemoipasser, agoé !

PapaLegbapermetsmoidentrer,

Boiteuxouvremoi ! ÀmonretourjesaluerailesLoas ! »

Il est petit, les cheveux noirs, le visage bouffi. Sa moustache est soigneusement taillée, et devait l'être aussi lorsqu'il se trouvait en plein cœur de l'Afrique occidentale, se dit Anaïs. On dirait un *chanchiquito*, un petit cochon du Brésil qui aurait forcé sur le cognac, on en sent les effluves depuis le seuil. Mais son regard donne l'impression d'avoir tout vu.

Anaïs détaille la chambre, impersonnelle comme on l'attend d'un hôtel, exception faite de caisses en bois marquées au pochoir, d'un caillou posé sur le sol que Seabrook ne quitte pas des yeux, et de masques intégraux en cuir noir, ajourés d'une seule fente pour la bouche. Anaïs les trouve très beaux.

Seabrook finit par émerger. Il se redresse, laisse les congas, ramasse le caillou, arrête le gramophone.

« Désolé, je parlais à Grandma. »

Anaïs se souvient du camp de Montreuil, de la femme au visage marqué par une tache de vin. Elle avait prédit cette rencontre.

« Votre grand-mère était une sorcière ? » demande-t-elle.

Un merveilleux sourire éclaire le visage de Seabrook.
« Comment le savez-vous ?
— La mienne l'était. »
Anaïs évoque alors sa beauté peinte par Schweick à l'hôtel des Sept Portes. Seabrook hoche la tête, il en a entendu parler.
« J'ai été élevé par Grandma, dit-il. À dix-sept ans, elle a épousé un vieux gentleman du Sud. C'était une femme-fleur, les gens de notre plantation l'avaient surnommé Piny, la pivoine. Sa nourrice, Obeah, était d'origine cubaine, elle lui a montré comment développer ses pouvoirs. »
Anaïs n'est pas surprise, ses parents sont natifs de Cuba et connaissent ces choses-là.
« Son mari était beaucoup plus âgé qu'elle, reprend Seabrook. Ils ont eu un fils, puis elle lui a jeté un sort afin qu'il la laisse tranquille au lit. »
Sans le vouloir, Anaïs pense à Hugo.
« Piny pouvait rester des jours sans rien faire, belle, lisse, secrète, indifférente au quotidien. Une vieille femme nommée Essie s'occupait de la maison. Piny buvait du laudanum, marchait pieds nus sous la lune, comme une reine somnambule, ou dans les contre-allées qui mènent à d'autres réalités. Parfois, elle descendait à la cave où l'attendait son âme, enfermée dans une minuscule fiole pas plus grande qu'un œuf. Elle a implanté ses racines noires dans ma tête, depuis je suis initié. Pourquoi êtes-vous venue ? »

La tête du gramophone. Anaïs ouvre son sac et la remet à Seabrook.

« Parfait ! Je vais pouvoir faire mon repas-disque. »

10.

Anaïs connaît le procédé. L'hôtel *George V* propose à ses clients d'enregistrer leurs conversations, des entrées au pousse-café. Un dispositif placé sous la table permet ainsi de repartir avec le souvenir du moment. Anaïs n'en voit pas l'intérêt. Que reste-il des expressions, des gestes, ce qui dit sans parler ? Et les silences, qui sont parfois si éloquents ? Le Journal est bien plus fidèle qu'une mécanique froide, car il peut tout retenir en l'adaptant.

Seabrook ôte la tête de lecture du gramophone et la remplace par l'enregistreuse. Puis il pose un disque à graver sur le plateau tournant.

« Je voudrais fixer l'événement avant qu'il ne me sorte de l'esprit », dit-il en plaçant l'aiguille.

On entend des craquements, Seabrook se racle la gorge et commence à parler dans le cornet.

« Témoignage à destination de la Jabberwhorl Cronstadt. Expérience conduite cette année à Neuilly, au 19 rue

Saint-James, dans l'hôtel particulier de Daisy Fellowes, fille du duc Decazes.

— Daisy Fellowes, la correspondante du *Harper's Bazaar* ? »

Anaïs l'admire, elle figure chaque année parmi les huit femmes les mieux habillées au monde.

« Elle-même. Étaient également présents l'écrivain Jean Guyon-Cesbron, et le baron Gabriel des Hons, mon traducteur et ami. Je souhaitais satisfaire une curiosité personnelle et procéder par démonstration empirique. Je me suis donc procuré un joli morceau d'arrière-train auprès d'un interne du Val-de-Grâce. »

Anaïs pense aussitôt à la poudre de muscles que fume Artaud.

« Je connais l'un de ses clients, dit-elle.

— Vraiment ? Si cela ne vous ennuie pas, je poursuis avant que le disque ne soit plein.

— Faites.

— Merci. Le donneur est mort au cours d'une rixe, ou percuté par une automobile, je ne sais plus, mais la pièce était en parfait état. La chair semblait ferme, d'une texture à la fois rugueuse et douce, un peu comme du bœuf. Mais d'une couleur moins soutenue, et pas non plus rose ou grise comme celle du mouton ou du porc. Fibres blanches, graisse compacte d'un jaune pâle. L'odeur ? Ma foi, celle de la viande crue, je ne distingue une poule d'un chevreau que lorsqu'ils cuisent. »

Tandis que l'aiguille continue de graver, Seabrook se sert un ballon de cognac. Il en propose à Anaïs qui décline.

« Où en étais-je ? Ah, oui, les caractéristiques. Bref, j'ai découpé ma viande en deux morceaux, l'un à faire griller comme un gigot, l'autre pour l'accommoder en ragoût.

— C'est inhabituel, dit Anaïs qui regrette de ne pas avoir accepté le verre.

— Ma chère, je vous le concède volontiers. Du moins sous nos latitudes, car j'ai eu l'insigne honneur d'assister au festin cannibale du peuple Guéré dont les guerriers mangent leurs ennemis. Ils apprécient le dos, le foie, le cœur, ont une certaine appétence pour le cerveau et raffolent de la paume des mains.

— Mais vous aviez de l'arrière-train.

— Il faut dire que la viande honnête se fait rare, déplore Seabrook, c'était l'occasion ou jamais.

— Ne craigniez-vous pas que cela se sache ?

— Quand bien même ! Je suis prêt à tout moment à défier les conventions ordinaires, y compris au prix de ma réputation. »

À cette minute, Anaïs envie sa parfaite liberté. Elle aussi aimerait tant envoyer paître les usages, se défaire du carcan de la société. Tout de même pas en mangeant le cul d'un mort, mais puisque la chose s'est produite, autant écouter.

« Le morceau rôti à la broche dégageait l'odeur attendue d'un beefsteak, et la portion en ragoût cuisait aux poivrons rouges, sans trop forcer sur les condiments afin de n'en pas tuer la saveur. J'ai consommé le tout accompagné de riz, et d'une bouteille de vin rouge, un nuits-saint-georges offert par Daisy Fellowes. »

Anaïs doute qu'un compte rendu paraisse dans le *Harper's Bazaar*.

« Le tout s'est avéré parfaitement mangeable. La chair en était peut-être un peu dure, et n'avait pas le goût du porc comme on le dit souvent. Plutôt d'un veau bien développé mais pas encore devenu bœuf. »

L'aiguille arrive en fin de course, le disque cesse de tourner.

« N'avez-vous pas éprouvé un sursaut de conscience ? s'étonne tout de même Anaïs.

— Non, ni de problème de digestion. »

On frappe à la porte, Seabrook va ouvrir. C'est June, souriante mais essoufflée, Anaïs remarque que l'un de ses boutons de veston manque, remplacé par une épingle à nourrice.

« Lee Miller ? demande Seabrook qui paraît saisi.

— Non, June, répond June.

— Vous devez faire erreur. »

11.

Seabrook a disposé un jeu de photographies sur le couvre-lit. La série de clichés, prise par Man Ray et titrée *Fantaisie of Mr. Seabrook*, le montre surplombant une femme blonde vêtue d'un chemisier échancré. Elle porte autour du cou un large collier de cuir serti d'anneaux en acier. Haut comme une minerve, il l'oblige à garder la tête haute, l'empêche de tourner, et lui enserre la gorge, ce qui doit rendre la respiration difficile. Pourtant la femme, si belle, paraît sereine. Elle a les yeux fermés, affiche un sourire doux. June est son parfait sosie.

« La ressemblance est confondante », dit Anaïs.

June hausse un sourcil et fait la moue, contrariée de pouvoir être une autre.

« Si vous le dites. Qui est cette Lee Miller ?

— Un modèle, répond Seabrook, l'égérie d'Éluard, Picasso et Cocteau. C'est elle qui joue la statue dans *Le Sang d'un poète.* »

June fait mine de bailler. Elle n'aime pas le cinéma, ni le théâtre et la radio, lit très peu, parfois des journaux. Certainement pas des livres, c'est déjà assez d'être avec un écrivain. June ne s'intéresse qu'à sa vie, quand Henry passe son temps à justifier la sienne.

« Mais elle est également excellente photographe, poursuit Seabrook, au point que Man Ray s'est approprié ses tirages. Par jalousie, j'imagine. Furieuse, Lee Miller est repartie à New York.

— J'en viens, dit June, cela rétablit l'équilibre. »

Les deux femmes sont plus intimes que des jumelles, car c'est le hasard qui les a rapprochées. Anaïs n'est pas loin de penser qu'elles ne pourront jamais se trouver au même endroit. Telles des forces égales mais opposées, en contact elles auraient le pouvoir de détruire. Seabrook n'en revient pas et exprime son étonnement en boucle, comme un disque rayé.

« Stupéfiant, j'ai vraiment cru en ouvrant la porte… »

June le coupe, Anaïs la devine sur le point d'exploser.

« Merci, n'en jetez plus. Bon, je crois qu'on en a fait le tour. Si vous nous parliez plutôt de vos penchants ? Mon amie doit écrire un article sur la débauche, quelque chose de croustillant.

— De quoi parlez-vous ? »

La question de Seabrook paraît sincère, comme s'il hésitait à choisir dans son catalogue de perversions.

« Eh bien ces photos, pour commencer, dit June, et l'on pourrait aussi parler des masques. »

Sans compter ses habitudes alimentaires, complète Anaïs pour elle seule.

« Ah, ça ? Mon goût pour les femmes entravées est de notoriété publique. Je ne cherche plus à le cacher, et n'ai aucune raison de le faire. Après tout, c'est une déviance plutôt inoffensive, en regard des formes du vice qu'offre la société.

— N'êtes-vous pas marié ? demande June en pensant aux infidélités d'Henry.

— Et alors ? répond Seabrook. Mon épouse me passe ces fantaisies, et s'y prête parfois. »

Anaïs songe à la scène d'Hugo ce matin.

« Mes amis et voisins les tolèrent, s'en désolent ou s'en amusent, aussi longtemps que je n'éveille pas la curiosité de la police. Quant aux masques, ce sont des pièces uniques, en cuir ou chevreau doux, étanches à la lumière, réalisés à ma demande par un artisan italien dans son atelier new-yorkais de la 47e Rue ouest. Voyez-vous, l'intégralité du masque favorise la déprivation sensorielle. Celle qui le porte ne voit plus, n'entend plus, ne sent plus, et l'ouverture de la bouche, par frottement des coutures, émousse la réceptivité des lèvres.

— Dans quel but ? demande Anaïs.

— Le mieux est que je vous montre. »

12.

Seabrook emprunte l'escalier de service, suivi par Anaïs et June, direction les tréfonds de l'hôtel. L'éclairage des appliques est mauvais, Anaïs craint de manquer une marche. Il flotte à chaque étage un relent de papier-peint moisi additionné d'eau de Javel. De quoi vous flanquer la nausée, par chance les turpitudes de Seabrook offrent une bouffée d'air :

« Enfant, j'étais fasciné par les figures de saintes suppliciées, telles Jeanne d'Arc ou Catherine de Sienne. Elles me troublaient. Je ne pouvais m'expliquer cet émoi jusqu'au jour où, à neuf ans, j'ai ligoté une fillette de mon âge, Mary Belknap. Nous avons échangé notre premier baiser. J'ai alors compris, sans mots, au plus profond de ma chair, que c'était là mon obsession, l'autre étant d'être écrivain.

— Existe-t-il un Américain qui ne veuille pas l'être ? s'amuse June. À part moi, bien sûr. »

Anaïs trouve facile l'ironie de June qui fait de sa vie un roman, et se passe donc de l'écrire. Sans relever, Seabrook poursuit :

« Après la guerre, j'ai entravé des jeunes filles consentantes, cordes ou chaînes, dans la grange de ma ferme, à Rhinebeck. Puis, au gré de mes voyages, au contact de différentes ethnies, j'ai observé les femmes-esclaves, étudié les nombreux types de soumission. Nous voilà arrivés. »

Le sous-sol, plongé dans la pénombre, est uniformément blanc, murs chaulés, peinture écaillée des conduits, poussière de plâtre sur la chaudière. On dirait une nuit en hiver. Au milieu de la vaste pièce qui couvre les fondations, une femme est attachée à un tuyau du plafond, bras tendus en ogive, suspendue par les poignets. Croisés, ils supportent le poids du corps. La femme est nue, à l'exception d'un pagne, magnifique, le physique d'une nageuse, couverte de sueur. De la pointe des orteils, ses pieds cambrés conservent l'équilibre sur deux bottins téléphoniques, Paris et banlieue, détrempés d'urine.

« Observez le masque de Pauline, invite Seabrook. Il est taillé d'après le moule de son visage et en épouse les contours. »

La cagoule de cuir noir se fond dans l'obscurité. Privée de tête, la suppliciée ressemble à un mannequin exposé en vitrine, comme il s'en trouve dans les boutiques rue Saint-Honoré, songe Anaïs. L'absence de traits, d'un regard, son corps parfait, font d'elle plus qu'une femme. L'idéal féminin, qui advient des souffrances imaginées par un autre. Seabrook étudie son œuvre comme le ferait un sculpteur.

« Elle doit morfler », lâche June.

Anaïs remarque les marques bleues aux poignets, les lèvres meurtries, gercées, d'où perle le sang.

« Ne parlez pas trop fort, cela pourrait la distraire. Pauline vit un moment très agréable, répond Seabrook. En oblitérant les cinq sens, le masque annule l'activité consciente et permet un voyage spirituel au-delà de notre horizon, à travers la fente éternelle. »

Comme pour lui donner raison, la femme soupire, gémit, laisse échapper un rire.

« Depuis combien de temps est-elle ainsi ? demande Anaïs.

— Trente-six heures.

— N'y a-t-il pas un danger à la laisser seule ?

— Elle ne reste jamais sans surveillance », dit Seabrook en pointant un soupirail du menton.

Assise sur une chaise, vêtue d'un uniforme noir et blanc, une employée de l'hôtel, la cinquantaine, au visage épais, lit à la lumière de la lune *La Mode chic*, revue des mœurs élégantes, choses du jour. Anaïs la feuillette chez son coiffeur.

« Pauline respecte la discipline, poursuit Seabrook. Elle ne doit pas se laver, on ne la détache qu'en cas d'incendie. Si quelque chose ne va pas, nous avons convenu d'un signe pour arrêter. »

Seabrook donne un coup de pied aux bottins. La femme bascule, corps arqué, côtes apparentes, ses pieds battent l'air puis cessent de s'agiter. Elle oscille comme un pendule.

Obéir, se soumettre, maintenant, plus tard, toujours, partout, songe Anaïs, est-ce là ce qui règle la vie, y compris le désir ?

« Merci Suzanne, je prends le relais », dit Seabrook.

La gardienne se lève, à regret semble-t-il, pose sa revue, emplit d'eau une gamelle qu'elle pose à terre.

« Votre dame a dit quelque chose. C'est pas vieux, c'est d'une heure.

— Quoi ?

— Je l'ai écrit au dos du magazine. À demain, Monsieur. »

La gardienne s'en va, Seabrook lit la note puis sourit, rapproche un tabouret de Pauline et tranche ses liens. Elle s'effondre, il lui caresse la nuque, parle avec douceur tandis qu'elle rampe jusqu'à la gamelle pour en laper l'eau.

Seabrook tire un grand sac placé derrière la chaise, en cuir noir avec fermoirs d'argent.

« Nous partons demain pour Nice. »

Pauline s'avance à quatre pattes jusqu'au sac et va s'y blottir.

13.

« Je ne sais pas vous, mais moi j'ai soif. »

Au sortir de l'hôtel, June entraîne Anaïs au café *Chez les Vikings*, rue Vavin. L'endroit, bas de plafond, à l'éclairage diffus, est décoré de fresques murales qui célèbrent les exploits des héros scandinaves. Tout cela est bien loin, se dit Anaïs en observant la clientèle, Norvégiens couperosés, oies suédoises, quelques Anglais pompeux et tristes qui ont caillé leur sang normand. June, grande et blonde, attire les regards.

« S'ils savaient que je suis juive », dit-elle en commandant un arrack punch, spécialité de la maison.

Anaïs s'en tient au whisky Highland Park que lui a fait découvrir Hugo. Une fois servies, elles restent un temps sans rien dire, à écouter l'orchestre qui joue des airs du moment. June finit par rompre le silence :

« Vous commencez à comprendre que se payer du bon temps n'est pas toujours une partie de plaisir.

— J'en avais vaguement l'idée, merci de m'en préciser les contours », répond Anaïs, agacée mais avec une pointe d'amusement.

June ne peut envisager que quelqu'un ait pu avoir une vie avant de la rencontrer. C'est peut-être vrai, mais inutile d'y songer davantage car elle est déjà passée à autre chose :

« Je me demande ce qu'elles lui trouvent. Pourquoi sommes-nous attirées par la misère des hommes ?

— À qui pensez-vous ?

— Seabrook, bien sûr », répond June qui vise Henry.

Anaïs évite le piège en portant l'attention vers l'écriteau du comptoir. *Il est défendu de danser entre hommes*, annonce-t-il en lettres pseudo-runiques.

« Cela me gêne beaucoup plus », dit-elle.

June torche son punch, croque les glaçons et sourit.

« Il ne dit rien des femmes. Je voudrais danser avec vous. »

Anaïs se laisse entraîner dans un *paso-doble* fou comme une tempête lunaire. June mène, la clientèle se raidit, le couple attire une volée de regards. Lorsqu'elles regagnent leur table, un serveur les attend, lèvres pincées.

« Vous ne devez plus danser. »

June le toise, l'air d'un voyou de Brooklyn.

« On s'ambiance et ça rouspète, où est le mal ? Si je te collais un bourre-pif, pour prêcher l'exemple ? »

Anaïs imagine le serveur, les yeux pochés comme des œufs. Elle demande l'addition.

La nuit tombe sur Paris, June relève le col de son veston.

« Est-ce que vous aimez les femmes ? »

Anaïs ne sait quoi répondre, car June évalue les gens selon des critères inconnus.

« J'éprouve de l'amitié pour elles.

— Non, je vous parle d'attirance.

— Je n'ai jamais désiré sexuellement une femme. »

June saisit la main d'Anaïs.

« Dans ce cas, je vais vous conduire en un endroit où nous ne serons pas des parias, sans savoir ce que nous voulons l'une de l'autre. »

14.

Anaïs se retrouve ainsi à La Gousse, le cabaret du 25 rue Bréa.

Le plafond, soutenu par une charpente d'acier apparente, offre une hauteur accrue sur l'unique salle aux murs en stuc qui compte un bar, sa piste de danse, et une petite scène de théâtre circulaire. On peut également y chercher l'intime derrière les cloisons-rideaux en verre dépoli. Ici, pas de navigation mixte, ne viennent que celles qui en sont.

Anaïs reconnaît dans l'assistance tout le Paris lesbien. Sylvia Beach et sa compagne Adrienne Monnier, qui tiennent la librairie Shakespeare and Company ; Lulu de Montparnasse, propriétaire du célèbre dancing féminin *Le Monocle* ; Monique Carton, alias Madame Moune qu'entoure son escadron de Jules, des garçonnes aux cheveux courts brillantinés, en costume de ville et talons plats ; la poétesse américaine Hilda Doolittle, coiffée avec une frange courte qui lui donne l'air d'un page. Ne manque

que Gertrude Stein. Elles sont venues voir le spectacle de la magicienne japonaise Tenkatsu Shōkyokusai et sa troupe Flower Heaven, uniquement composée de femmes.

Les hôtesses, coiffées d'un bibi à voilette, intégralement habillées de noir, tirent des programmes de leur présentoir à bretelles. Anaïs y apprend que la pièce donnée ce soir appartient au registre *Eroguronansensu*, du non-sens à l'érotique grotesque. Elle s'intitule *Notes de chevet*, d'après l'œuvre de Sei Shōnagon qui vécut au XIe siècle dans l'entourage de l'impératrice Teishi. La dame de compagnie tenait une sorte de journal qu'elle dissimulait sous son oreiller. Anaïs pense au coffre en laque de Chine, posé au pied du lit, où elle range ses carnets remplis. Hugo peut bien les lire si cela lui chante, ils ne disent rien du texte fini.

June évolue d'un groupe à l'autre, saluant tout le monde, un verre de gin à la main, paupière droite soudée par la fumée de sa cigarette. Anaïs ne sait trop comment se comporter mais apprécie l'instant. Parfois, il faut aller à la rencontre de certains risques, rêve ou sensualité, sans intermédiaire.

L'éclairage baisse, une sonnerie pour fin d'entracte invite à se placer autour de la scène. Le rideau s'ouvre, dans l'éclairage cru d'un unique projecteur, dirigé par la technicienne de la troupe. Une jeune fille est allongée sur une table de billard. Elle est vêtue d'un simple peignoir kimono en satin, Anaïs en a un très semblable. L'actrice est une *onnagata* précise le programme, dévolue aux rôles féminins. Elle écrit sur un rouleau de papier, lève les yeux, suçote l'extrémité de son pinceau puis reprend, inspirée. Anaïs détaille ses longues jambes nues, le vernis à ongle noir de ses orteils.

Dans l'assistance, on n'entendrait pas un homme rentrer. Dix *otokoyaku* investissent la scène, simulacres masculins aux cheveux courts gominés en arrière ou portant chapeau. Chacun tient une canne au pommeau de corne, Anaïs pense à Jack Kahane. En réalité, il s'agit d'une tige conductrice reliée à une bobine Tesla dissimulée dans le dos des comédiennes. Les garçonnes se tiennent droites, mains posées sur le pommeau, à observer la belle étendue. D'une seule voix, elles lui ordonnent de se coucher sur le velours vert, puis entreprennent de la déshabiller, avec son aide. Elle ne semble pas surprise ou gênée. Anaïs contemple son corps passé à la poudre de riz, un maquillage *shironuri* qui met en valeur sa poitrine haute, la forme en poire de ses fesses.

Un *otokoyaku* tend sa canne, lui relève le menton, puis descend sur sa poitrine, tout en lui intimant de ne pas bouger. Un autre, portant fausse moustache, lui passe sa canne entre les jambes, la remontant lentement à l'horizontale et la caresse, imprimant un mouvement de va-et-vient. Alors tous la touchent des queues restantes. Anaïs se souvient avoir rêvé qu'elle couchait avec douze voyageurs de commerce. Le corps tendu, peint en blanc, est strié de sueur, le maquillage se brouille, créant une sorte d'harmonie, l'odeur de transpiration enivre l'assistance. La fille gémit, sans pouvoir s'abandonner. Anaïs la devine consciente de sa beauté, de l'attraction qu'elle suscite. Au plus fort, les cannes libèrent leur arc électrique, comme si l'orgasme la consumait.

Le parterre applaudit, June murmure à l'oreille d'Anaïs :

« Notre amour serait la mort. »

Elle l'embrasse. Certains baisers font voler en éclats tout un projet de vie.

15.

Un reportage sur les plaisirs de Paris ne serait pas complet sans la folie blanche des Russes. June se précipite dans les vestiaires du *Poisson d'Or*, le fameux restaurant situé au 24 rue Vavin. De son sac informe, plein à craquer, elle tire une autre version d'elle-même. La robe fourreau noire, très ajustée, laisse voir l'échancrure de sa gorge, ses épaules nues et l'entièreté de son dos. Comparées à June, toutes les autres femmes sont insipides.

« Je vous aime comme vous êtes », dit Anaïs.

Le maître d'hôtel, dont l'habit est orné de décorations, les conduit à leur table, au centre de la salle. Il sait qu'elles illumineront la soirée. Tout ce que la communauté d'exilés compte en grands-ducs et généraux tsaristes, vrais ou faux, paraît dîner ce soir-là. Ils ont probablement mis au clou, depuis longtemps, leurs bijoux à l'Oussadba, le salon de thé, rue du Faubourg-Saint-Honoré, qui fait prêteur sur gages. La plupart sont chauffeurs de taxi. Anaïs les apprécie car ils n'interrompent jamais un baiser, leurs courses favorisent les rendez-vous sans lendemain.

Anaïs et June s'assoient, l'une en face de l'autre, séparées par une nappe empesée, blanche comme la sainte *Rodina*. Aussitôt le personnel s'empresse, un ballet de serveurs et sommelier qui présentent le menu, la carte des vins, allument une cigarette, visages concentrés, affairés comme des abeilles. L'orchestre tzigane se met en place, accorde ses instruments.

La Russie a du bon quand on la fréquente à Paris.

Entre un groupe composé de deux femmes très belles, l'une jeune et l'autre âgée, aux manteaux de zibeline et d'hermine. Elles n'ont pas daigné les déposer aux vestiaires. Les serveurs s'en chargent, révélant leurs robes piquées de strass, tandis que le maître d'hôtel exécute des courbettes en donnant du *prince* à un jeune homme mince, séduisant, aux cheveux parfaitement brillantinés. Il porte une veste de smoking blanche, excentricité qu'apprécie Anaïs. Son compagnon, tignasse et barbe emmêlées, paraît fier de sa blouse carrée d'ouvrier, couverte de taches qui le proclament peintre. Ils s'installent à la table d'à côté.

Anaïs se retrouve aussitôt au Metropolitan Opera, lorsqu'elle avait douze ans, éblouie par *Le Prince Igor* de Borodine.

« Il vient d'où le caviar ? demande June.

— De chez Kaspia », répond le serveur, l'air d'énoncer une évidence.

Le prince réclame du champagne et que l'orchestre vienne jouer pour ces dames. Les musiciens entament *Volga, Volga mat' rodnaya*, la balade de Stenka Razine. Au son des violons, balalaïka et accordéon, les femmes pleurent doucement, avec volupté, tandis que le prince, taciturne, fume une Sobranie. Le peintre ne quitte pas des yeux Anaïs.

Les serveurs viennent avec leur commande, June n'attend pas qu'ils aient déposé tous les plats pour savourer son cocktail Stinger et mordre dans un blini.

« Avec vous je suis heureuse, dit-elle la bouche pleine. Anaïs, vous me rendez ma force. »

June dévore, enchaîne les verres de vodka, sans crainte de l'ébriété et de la pauvreté. Elle accumule les dettes de cœur et d'argent. Comment vont-elles régler la note ? s'inquiète Anaïs qui n'a plus grand-chose dans son porte-monnaie. Hugo lui a interdit de signer des chèques.

June paraît deviner ses pensées et fait apparaître une pièce d'or.

« Les gens disent que si j'avais une fortune, je la dépenserais en un jour, personne ne saurait comment. »

La pièce roule sur la table, frappée d'un profil de femme couronnée de plumes, identique à celles d'Allendy et d'Artaud.

« Où l'avez-vous eu ? interroge Anaïs.

— Les deux types qui nous ont arrêtées dans la rue me l'ont filée, répond June.

— Pourquoi ?

— Allez savoir. Tiens, voyez qui se ramène. »

Le prince se présente à leur table.

« Je suis confus de m'imposer à deux personnes si belles. Vous permettez ? »

Sans attendre la réponse, il saisit la pièce et l'examine.

« Incroyable, il s'agit d'une Indian Head. Connaissez-vous son histoire ?

— Non », dit June en tendant sa paume droite.

Le prince lui rend la pièce de trois dollars.

« Elle a été gravée en 1854 par James Barton Longacre. Il s'en est frappé plus de cinq cent mille exemplaires, mais la vôtre, celle de 1870, est remarquable.

— Pourquoi ?

— Parce qu'elle est unique. »

Anaïs en doute, c'est la quatrième qu'elle voit.

« Elle vaut combien ? demande June.

— Une véritable fortune, certains collectionneurs seraient prêts à tuer pour l'avoir.

— Vous êtes intéressé ? »

Le prince hausse les épaules, faute de mieux.

« Non, en bon Russe blanc je suis désargenté, et j'ai déjà tué.

— Dans ce cas, on va s'en mettre plein la lampe ! s'exclame June.

— Je vous en prie, gardez-la, et rejoignez notre table. »

Les serveurs déplacent deux chaises, ravis, à croire qu'on leur fait une faveur. June prend place à la gauche des femmes indifférentes, le peintre sourit à Anaïs

« Encore du champagne ! »

Sept bouteilles de Louis Rœderer apparaissent par magie.

« *Za vaché zdorovié* ! » dit le prince, sans émotion, simplement parce qu'on l'attend de lui.

Le peintre invite Anaïs à danser. Il l'embrasse dans le cou, la jeune femme se lève, l'agrippe par la manche, lui fait une scène à la férocité enfantine. L'artiste la repousse, elle lui jette des verres à la tête. Il s'en saisit d'un et le croque à pleine bouche. Le maître d'hôtel rapplique, les musiciens chantent pour l'homme en colère, la vieille femme fredonne, en larmes, June fait de l'œil au prince.

Le sentiment tzigane, songe Anaïs tandis que le peintre macule le livre d'or d'une esquisse de danse et de sang.

« Il se fait tard, ma mère est lasse, dit le prince, je vais la raccompagner. Puis-je vous déposer ? »

16.

Anaïs et June grimpent dans la berline, une Maybach Zeppelin à la carrosserie vert anglais, dessinée par Erdmann & Rossi. June caresse les cuir et bois précieux, Anaïs observe la vieille dame à la dérobée. De près, elle paraît moins belle, le visage lisse mais strié de rides, comme poncé au papier de verre. Entre la mère et le fils, on ne distingue pas de ressemblance, sinon une politesse d'ennui qui sied à l'aristocratie.

L'automobile prend la direction de Clichy. Elle s'enfonce dans la zone industrielle, là où la peste ne prend pas. Pourquoi rêver d'une vie pénible, l'imaginer alors qu'elle vous attend au réveil ? Les ouvriers des fonderies Citroën embauchent à 4 heures. On les voit, épars, gamelle en bandoulière, marcher vers un même abattement.

« Je n'habite pas dans ce coin, que faites-vous ? demande June.

— Vous le saurez quand nous y serons », répond le prince.

La vieille dame presse la main d'Anaïs, lui sourit, comme si elle l'invitait à son premier bal. La berline ralentit, glisse le long d'un trottoir jusqu'à rouler à hauteur d'un homme jeune, en casquette et bleu de travail.

Le prince ouvre la vitre de séparation et s'adresse au chauffeur.

« Celui-ci. »

La voiture grimpe sur le trottoir, l'ouvrier s'arrête en voyant s'ouvrir la portière arrière. Le prince descend, lui parle, on n'entend pas ce qu'il dit mais l'homme fait un pas de côté. Le prince tire son portefeuille, y prélève trois billets de mille qu'il jette sur le trottoir. L'ouvrier reste un temps sans réagir, puis hoche la tête et ramasse les billets.

« Vous pouvez venir. »

La vieille dame descend, aidée par le chauffeur, un colosse au crâne tondu, portant un uniforme gris. Anaïs remarque qu'il a glissé dans sa haute botte un *kindjal*, le poignard cosaque.

June et Anaïs rejoignent le groupe dans une impasse. Le chauffeur remonte dans la berline et vient la garer dans l'entrée, bloquant le passage. Il allume les trois phares avant puis vient se placer derrière l'ouvrier.

« Contre le mur », ordonne le prince.

L'homme s'exécute. Le chauffeur ôte sa vareuse, déboucle sa ceinture, fait glisser son pantalon. L'ouvrier tombe le bleu. À la lumière des phares, on voit ses fesses blanches et maigres. Le chauffeur le pousse vers l'avant, l'oblige à se coller au mur.

La vieille dame glousse, le prince a l'air vide, blasé, Anaïs n'ose pas regarder June.

Le chauffeur libère son sexe, se branle puis pénètre l'ouvrier qui gémit, le presse de plus en plus fort contre la paroi de briques dont les contours viennent s'imprimer sur son visage, comme une marque de servitude, pareil à une tôle emboutie.

« J'encule le prolétariat », dit le prince.

June est saisie, Anaïs tremble, elle ne peut en supporter plus.

« Non, c'est votre valet, dévoué à son maître. Il fait le travail à votre place. »

Le prince fixe Anaïs, sincèrement surpris, se tourne vers sa mère qui est déjà ailleurs, retombée dans des souvenirs fin de race.

« Les communistes persécutent le rêve et l'imagination. Ils forcent les artistes à prostituer leurs talents afin de servir la lutte. Comment ne pourriez-vous pas être d'accord ? » plaide le prince.

Anaïs ne lui répond pas. Le chauffeur en a fini, l'ouvrier se rajuste, June prend sa pièce d'or et la jette aux pieds de la vieille dame.

« Pour le personnel. »

Le prince sourit et s'en va.

17.

Anaïs et June se retrouvent *Au Soleil d'Alger*, un rade sans licence de la rue Frochot, dont les vitres passées au blanc d'Espagne font comme une pudeur. À l'intérieur, sous l'éclairage blafard d'une ampoule qui pend au bout de son fil, un chien lèche la sciure sur le sol planté de mégots. Près du poêle ventru au long tuyau coudé, se trouve la clientèle d'habitués, résignation en sautoir, fatigués de ne rien faire, une activité à plein temps.

Elles prennent place à une table d'angle. Des Arabes maigres et quelques Portugais sont assis à distance des deux femmes, mais non du désir qu'elles suscitent. Il vient contrarier l'ordinaire des parties de cartes ou de dominos. Pourquoi leur infliger ça ? Tout le monde ici veut oublier un visage, un parfum, une blessure. Sur la toile cirée est posée une bouteille, Anaïs reconnaît le singe sur l'étiquette, *Anís del Mono*, son père en buvait. June se lève, les hommes la regardent se servir un verre, comprennent qu'elle est des leurs, cabossée par la vie, et laissent couler. Anaïs les rejoint.

À cette heure, toutes les misères se valent, dans la part mortelle de la nuit.

18.

June titube dans l'escalier étroit, un bras passé sur les épaules d'Anaïs qui ploie sous la masse de muscles, de rage et de chagrin. La montée est un calvaire qui prend fin à l'étage où la porte est ouverte. Perlès a entendu le raffut, Anaïs voit dans ses yeux une compassion d'habitué, ce qu'est l'amour dans son plus complet dévouement.

Elles entrent dans l'appartement, on entend une porte claquer, suivie d'un tour de clef. Henry s'est réfugié dans la chambre de Perlès, par peur de June qui se dégage d'Anaïs en manquant la faire tomber puis tangue à travers la pièce. Elle trouve son chemin dans le foutoir ambiant, ne se cogne à aucun meuble ou bibelot, maîtrise que confère l'expérience. En chemin, June s'empare des assiettes du dîner qu'elle balance sur la porte close et hurle dans un concerto de vaisselle brisée :

« Je t'ai pris ton ivresse ! »

June se plante devant la porte et murmure à travers :

« Tu n'avais pas à montrer aux autres ce qui m'appartient, espèce d'aventurier en pantoufles. Je ne suis pas la femme qu'il te faut. »

Elle s'affaisse comme un rêve fracassé, les yeux emplis de larmes, son rouge à lèvres étalé tout autour de la bouche, assise jambes écartées, sa robe noire retroussée jusqu'aux genoux. Alors elle se met à vomir dans une puanteur de cocktails chics, de champagne et anis, aigris en vinasse.

« Je suis affreusement saoule. »

June pleure, rit, son sourire en morceaux, le visage abruti. Anaïs et Perlès la mettent au lit. Elle s'effondre et s'endort en ronflant la bouche ouverte.

Durant toute la nuit, Anaïs la veille, lui passe des serviettes humides sur le front, pour y effacer la laideur.

19.

Un brouillard blanc couvre Paris et montre la ville telle qu'elle est. En temps normal June a horreur du matin, mais elle s'est levée tôt, l'air cendreux, décidée à en finir. Anaïs l'accompagne, fraîche, elle n'a jamais la gueule de bois. Elles font plusieurs agences de voyages, Bennett's et Exprinter, toutes deux rue Scribe, et bien sûr Cook où June ne s'attarde pas car elle est aux Champs-Élysées comme en terre étrangère.

June n'a pas suffisamment d'argent, y compris pour se payer un aller en troisième classe. Elle tente de négocier une réduction, Anaïs est surprise par ses manières douces et soumises quand les préposés lui opposent un refus, et s'en veut de ne pouvoir l'aider. Il n'y a plus rien dans son porte-monnaie, hormis son alliance et le billet retour pour Louveciennes.

En dernier recours, June décide de se rendre à l'antenne de la Jabberwhorl Cronstadt, rue de Rome. Elles sont accueillies par de jeunes hommes et femmes en costume ou tailleur, des corps sans expression, l'idée qu'une fillette se fait des adultes lorsqu'elle joue avec ses poupées et leurs minuscules fournitures de bureau.

Un employé l'écoute, ouvre un dossier.

« Vous comprenez bien les termes du contrat ? Jamais vous ne pourrez revenir à Paris. »

June hoche la tête, il lui tend une enveloppe oblongue.

« Bon retour chez vous, Mrs Miller », dit-il sans bouger les lèvres.

Elles sortent, se retrouvent sur le trottoir comme en bout de ponton, là où Paris se borde d'Atlantique. Un pas de plus et c'est un adieu à jamais.

« Qu'allez-vous faire ? » demande Anaïs.

June affiche un sourire triste.

« Qui se soucie de l'après ?

— Il doit y avoir de nombreuses façons de recommencer sa vie si l'on a pris un mauvais départ, lui assure Anaïs. Même un échec peut servir à quelque chose, et où que vous alliez, vous vous emporterez avec vous. »

June tapote son sac noir.

« Paris est bâtie pour l'éternité, New York pour le présent, ce qui me convient mieux, et j'ai un compte à régler avec ma ville. Je voudrais accomplir quelque chose, un peu comme Lee Miller. Nous autres, Juifs, avons le *tikkoun olam*, cette folie de réparer le monde. J'aimerais faire sortir de mon sac des actions meilleures. Et si j'échoue, j'épouserai un agent d'assurances. »

June se force à rire, Anaïs fait semblant.

« Comprenez-vous cela, Anaïs ?

— Je crois.

— Et vous, quand parviendrez-vous à partir ? »

Anaïs craint chaque situation nouvelle et ses possibilités de souffrir.

« Non, vous ne le pouvez pas. Demain, peut-être, comprend June.

— Il faudra bien que je m'échappe tôt ou tard.

— Mais surtout ne suivez pas ma trace, le malheur fait souvent volte-face », dit June.

Elle ôte de son poignet le bracelet en chrome serti d'une fausse pierre.

« Tenez. »

Depuis le temps qu'elle le convoite, Anaïs est abasourdie.

« Je ne puis accepter, vous possédez si peu de choses.

— Allons, vous savez que je ne tolère jamais un refus. »

Anaïs est emplie de joie, elle le portera comme un souvenir précieux.

« Et maintenant, tu as le point final de ton putain d'article. Je vais devoir y aller, Anaïs, dis-moi l'essentiel et vite, quelque chose dont je me souviendrai toute ma vie.

— Je ferai de toi un beau personnage, un portrait que tu aimeras. »

June caresse les cheveux d'Anaïs, lui effleure la joue et disparaît.

Le poseur de plaques arrive, mais il est accosté par des gens de la Jabberwhorl Cronstadt. L'ouvrier écoute puis s'en retourne sans se mettre à l'ouvrage.

Les larmes aux yeux, Anaïs soupire. Que le monde est triste sans June.

20.

Dans le train du retour, Anaïs se demande quoi faire de ses expériences. Afin d'en tirer quelque chose, il faut d'abord qu'elles passent par le tamis du Journal. Couper, modifier, pour rendre tout cela réel, au moins à ses yeux. Anaïs sait déjà qu'il ne s'agira pas d'un reportage ou d'une fiction, car elle ne se sent pas la force d'en écrire, ni ne le souhaite. Tient-elle un journal parce qu'elle est écrivain, ou est-elle écrivain parce qu'elle tient son Journal ? Anaïs n'y reporte pour ainsi dire jamais ses procédés d'écriture, les avancées, certaines hésitations. Plutôt des états d'esprit, ses découvertes et impressions. La thérapie, Artaud, Henry et June, tous ces épisodes qui font de sa vie assez morne un festival de souvenirs. Il est tellement plus facile de sauter d'un sujet à l'autre. Et puis qui voudrait lire des histoires de baise vécues par des inconnus ? C'est dit, Anaïs ne s'épanchera pas au-delà du Journal et renonce à *Paris la peste*.

Le temps est froid, sec, la lumière du jour ne semble plus du matin, Anaïs ressent une émotion étrange, comme un dépaysement. Il manque la dame au parapluie à tête de canard qui prend toujours place dans le premier wagon, et le monsieur au chapeau de feutre taupé assis sur la banquette du fond. D'autres les remplacent, avec leur propre banalité, différente, qui donne l'illusion du neuf.

Distraite comme jamais, Linotte comprend soudain qu'elle est dans le train du vendredi.

21.

Anaïs entend *L'Oiseau de feu* depuis la grille qui donne sur la rue. Hugo l'écoute lorsqu'il est irrité, cela lui permet de maintenir sa grogne sans fléchir au dernier moment. Anaïs est prévenue, elle inspire à fond et entre dans la maison.

Hugo se tient debout dans le vestibule, en costume de ville, à croire qu'il attend là depuis la veille. Nulle trace de Banquo, c'est mauvais signe, le chien a dû se cacher. Il a une sorte d'intuition pour les disputes, Anaïs regrette de n'avoir pas eu un animal de compagnie lorsqu'elle était enfant, qui lui aurait permis d'anticiper les drames. Hugo la fixe, Anaïs ne dit rien, Emilia vient aux nouvelles.

« Quand dois-je servir le déjeuner ?

— Plus tard », répond Hugo sans quitter des yeux son épouse.

La bonne sort de scène, on se croirait dans un vaudeville, Anaïs réfrène un rire qui n'a rien de joyeux.

« Qu'est-ce que c'est ? » demande Hugo en la pointant du doigt.

L'index descend jusqu'à sa cible, Anaïs a le choix. Elle a oublié de remplacer l'anneau indien par son alliance et porte le bracelet de June.

« Il faut que je t'explique…

— Suis-moi. »

Ils vont dans la chambre d'Hugo qui la jette sur le lit et la baise, comme un ordre, sans consentement. Puissant dans l'inquiétude, rendu fort par le tourment, Hugo la pénètre, grogne en lui mordant l'épaule, elle feint d'aimer ça, d'apprécier la nouveauté de l'emprise.

« Essaye de ne pas me faire mal. »

Hugo veut la dominer en la rendant faible. C'est à l'homme de s'élever, non à la femme de se soumettre, Hugo se répand en elle, répudie la femme qu'Anaïs est devenue.

« Ma chère petite épouse, honnête et fidèle. Cela me console de tes absences. »

Il dit cela comme un banquier équilibre des comptes, puis feint de dormir. Anaïs gagne sa chambre, se jette sur le lit incrusté de cuivre et de nacre. Bouby la regarde mais ne dit rien, indifférent lorsqu'on ne lui accorde pas son attention, la poupée est bien un cadeau de son père.

« Tout le monde veut me voir sérieuse, murmure Anaïs. Que je sois l'épouse, la fille, la sœur et même la maîtresse qui convient, sans surprise, disponible à l'envie. »

Anaïs s'estime innocente même en faisant du mal, puisqu'elle ne ressent aucun remords. Libre de toute culpabilité envers Hugo, Henry et même Artaud, il faut parfois ne pas se faire pardonner. Avec une pensée pour June, elle actionne la paroi cachée de la coiffeuse et en tire le Journal. Elle écrit tout, fantaisies érotiques ou ébats, désirs demeurés secrets et ceux assouvis, sans marquer la différence entre le vrai et le faux.

L'écrivain est un lâche qui ne se bat pas dans l'instant, mais après, parfois bien plus tard, et toujours seul.

QUATRIÈME JEUDI

La peste prend des images qui dorment.

Antonin Artaud

1.

L'amphithéâtre Michelet est comble. Anaïs est assise au premier rang, pour soutenir Artaud. En attendant le début de la conférence, elle observe le branle-bas de fourrures et pardessus qui s'installe. Les compétences parisiennes, des gens comme il faut, tout le monde se connaît. Épouse de banquier, madame Guiler porte manteau d'astrakan à haut col, manchon et toque dessinée par Vionnet. Elle pourrait les rejoindre, faire semblant de s'intéresser. Des caractères cyniques, endurcis et superficiels, aux scrupules conventionnels qu'accompagnent des regards entendus, qui parlent de leur vie sans écouter, ni même entendre leur cœur car il ne bat plus. Les politesses sont nombreuses à défaut de sincérité, Anaïs reste en retrait de ces amis faux, de vrais ennemis. Elle sort à peine d'une méchante bronchite, son cerveau est à la fois vide et lourd, inutile de l'encombrer avec ces caquetages et croassements qui, de toute façon, n'auraient pas leur place dans le Journal. Elle préfère observer les étudiants du Conservatoire, assis au fond. Ils sont si jeunes, passionnés, mais combien d'entre eux vivront-ils de leur art ? Pour l'heure, ils profitent de l'instant. Plus tard, les souvenirs leurs apparaîtront moins vrais.

Le Théâtre et la peste, annonce le programme. Pas de portrait d'Artaud au dos, il a refusé de donner une photographie par crainte qu'on lui jette un sort. Anaïs comprend tout à fait, les photos capturent ce que les autres voient d'elle et ne montrent rien de son âme. Les clichés sont de véritables épreuves.

Arrive Richard Osborn, port distingué, grand et mince, front haut, cheveux coiffés sur le côté. Il est accompagné du président de la Rubber Balloon Ltd, petit homme alerte aux sourcils mobiles, nez retroussé, et de jeunes gens en costume ou tailleur. La Jabberwhorl Cronstadt a réservé quatre rangs. Osborn s'assied, suivi par l'homme d'affaires et le contingent d'employés. Il salue Anaïs de loin, affable et chaleureux, parfois à son insu. Que fait l'avocat avec un fabricant de ballons ?

Le docteur Allendy et Artaud montent sur l'estrade. La nuit dernière, Anaïs a rêvé qu'elle les invitait à Louveciennes. Lourd, prosaïque, Allendy n'était pas à son aise, comme en territoire hostile. Artaud trouvait la maison et le jardin magiques, il avait l'impression d'être enfin rentré chez lui.

Le médecin prend la parole :

« Mesdames, Messieurs, merci d'être venus ce soir. Dans le cadre du Groupe d'études philosophiques et scientifiques pour l'examen des tendances nouvelles, initiative soutenue par la Sorbonne et la Jabberwhorl Cronstadt, nous avons le plaisir d'accueillir monsieur Antonin Artaud. »

Applaudissements polis, Allendy va s'asseoir au fond de la scène, derrière un bureau massif. L'éclairage diminue, Artaud s'avance jusqu'au bord de l'estrade. Tout est noir en lui, comme si quelqu'un avait éteint. Comparé aux organisateurs et au gros de l'assistance, il est habillé au décrochez-moi-ça, col de chemise râpé et veste luisante d'usure. Mais cela lui va bien, on dirait un ange déchu qui aurait réussi à se faire bannir de l'Enfer. Artaud demeure silencieux, bras ballants, attendant de prendre son envol. Il tient quelques feuilles de papier qui ressemblent à des plumes arrachées. Sans un regard à ses notes, les yeux fixés sur un point aveugle situé bien au-delà, comme fuyant le public venu pour l'écouter, il se lance, d'un ton à la douceur empoisonnée :

« Une nuit de fin avril ou de début mai, à 17 h 20, le métro s'arrêta à la station Grand-Saint-Antoine. L'ouverture de ses portes coïncida avec la plus merveilleuse explosion de peste qui ait fait bourgeonner Paris. »

Sa voix change, roule, porte, quoi qu'il en dise, Artaud reste un homme de théâtre. Il conserve les gestes et la vivacité du comédien.

« *Hic incepit pestis*, ici commence la peste ! » crie Artaud en faisant sursauter l'auditoire.

Anaïs se sent lasse, cotonneuse. Linotte, elle a oublié de prendre ses pastilles Jutoline contre la toux qu'Hugo lui a rapportées de Genève. Surtout ne pas avoir l'air malade tandis qu'Artaud parle de la peste, cela ferait note en bas de page.

« La peste, dotée de cette intelligence qui la pousse à croître et se diffuser, a fractionné son entité complexe. Telle l'araignée qui tisse sa toile fil par fil, elle s'est répandue sur les voies, affectant les embranchements, selon un tracé qui échappe à la mémoire parisienne. Elle a fait son nid des stations-fantômes, Haxo et Molitor, ravivant leurs quais morts en les chargeant d'énergie noire. »

Tiens donc, Anaïs reconnaît le schéma des lignes affiché aux murs d'Artaud et d'Henry. L'un et l'autre cherchaient le point zéro de la pandémie, et les conditions idéales de sa propagation. Le métro est une bétaillère qui transporte chacun d'une rive à l'autre de Paris, Anaïs s'en veut de l'avoir oublié. Dommage qu'Henry ne soit pas là ce soir, mais il fait la tête. D'après lui, Anaïs est responsable du départ de June. Tant pis, ça lui passera.

« Puis la peste est montée en surface, infusant le Carreau des Halles, les rues de la Petite et la Grande-Friperie, celle du Marché-aux-Poirées. De là, elle s'est ramifiée, grille du soupirail, bouches d'égout, caniveaux, charriant le virus mêlé aux ordures. »

Anaïs examine l'assistance, il règne un silence recueilli de classe attentive. Allendy ne quitte pas des yeux la carafe et le verre d'eau posés sur le bureau, l'air concentré, comme s'il dictait sa conférence à Artaud. Le médecin a une haute opinion de lui-même dont il veut convaincre les autres. *Egocentrifuge* a écrit Anaïs dans le Journal.

« Toutefois, le métro du Grand-Saint-Antoine n'apporta pas la peste. Il n'en fut que l'agent provocateur. Elle était là, dormante, attendant d'être réactivée. Le fléau d'origine surgit dans Paris au XIe siècle, sur une ancienne voie romaine, que l'on connaît aujourd'hui sous le nom de rue Saint-Antoine, hommage au saint ascète qui vécut vingt ans en ermite au sommet d'une montagne, combattant Satan et ses œuvres. Très vite, les habitants furent pris de vertiges, d'hallucinations convulsives, ressentant par tout le corps d'atroces sensations de brûlures qui les firent nommer leur mal *Feu de Saint-Antoine*, ou *Peste de feu.* »

Le feu intérieur s'élève-t-il forcément vers le haut ? Peut-être produit-il une flamme ronde. Depuis l'enfance, Anaïs sait tracer un cercle parfait sans compas, à l'image de son âme incendiée.

« Cette combustion infernale était l'indice d'une maladie spirituelle, transcendante, une sorte de gangrène de la foi, déclenchée dans la matière vulgaire, un terreau humide et propice aux champignons de Paris. En les consommant, chacun ingérait les petits ergots vénéneux, fixés à leur chapeau comme des morpions. »

Quelqu'un glousse dans la salle. Anaïs a l'impression qu'on l'observe. Elle se retourne, Osborn la fixe, un demi sourire ambigu sur les lèvres. Il semble averti de quelque chose et consulte sa montre-bracelet.

« En 1070, au plus fort de l'*ignis sacer*, ce feu sacré qui ravageait les chairs et l'âme, les reliques de saint Antoine furent transportées de Constantinople à Notre-Dame de Paris. On ne comptait plus le nombre d'affligés qui se pressaient dans les asiles tenus par l'ordre hospitalier des Antonins, fondé par Guérin de Valloire après qu'il a survécu au mal ardent. Comme en attestent les chroniques du chanoine Aymar Falco, premier historien de l'ordre, ces hommes et femmes dévoués, dont je conserve par mon prénom l'héritage, parvinrent à purger le sang baptisé et à endormir le mal. »

Henry lui a assuré que, un jour, Osborn s'est pointé chez eux en tenant son sexe. L'avocat voulait savoir s'il avait l'air sain. Une autre fois, il tirait la langue en essayant d'en mâcher le bout. Difficile de l'imaginer en le voyant dans son costume à l'excellente coupe, lunettes aux verres cerclés d'or.

« À l'endormir, mais non à l'éradiquer, car des poches putrides subsistaient dans les tréfonds de la capitale. C'est pourquoi, en 1777, l'administration royale créa l'Inspection Générale des Carrières, afin de combler les trous de vide existants qui sous-minaient la voie publique. Le mal sommeillait, attendant son heure. Toutefois, par ce que je qualifierais d'activité somnambulique, la peste continuait d'instiller en douce une forme atténuée de folie. Ainsi, durant l'Ancien Régime, comme chacun sait, la porte Saint-Antoine aujourd'hui disparue, accueillait le carnaval de Paris, profusion de masques et grimaces qui favorisaient un délire à l'effet cathartique. Notre théâtre de rue vient probablement de là. »

Osborn, qui se dégingande place Clichy en exhibant son pénis, non mais franchement. À croire que même les dirigeants de la Jabberwhorl Cronstadt ne sont pas épargnés par la peste, Anaïs se promet d'interroger Hugo. À son retour, elle devra le mettre sur le gril car il rechigne à parler du travail. Hugo est en voyage d'affaires à Kalamazoo. Chaque jour, il lui écrit une lettre. Son mari lui manque, il se peut que ce soit vrai.

« La rue Saint-Antoine, proche de la place de la Bastille, forteresse dont le nom originel est castel Bastille-Saint-Antoine, occasionna la fièvre révolutionnaire qui permit au peuple de se libérer du joug et de l'oppression. En 1796, le Directoire abattit l'abbaye Saint-Antoine pour en faire un hospice, que Napoléon transforma par la suite en hôpital. Rien n'y fit, la peste, telle qu'on la connaît aujourd'hui, réapparut dans le métro au mois d'avril ou mai 1908. Avec les conséquences attendues et qui n'échappèrent pas aux nations. Ainsi, dix ans après, le 30 janvier, certains ici s'en souviennent, au cours d'un raid aérien, les zeppelins boches lâchèrent des bombes sur l'hôpital Saint-Antoine, brisant l'unique barrage à la peste qui devint leur alliée. Mais laissons-là ces quelques points d'histoire et revenons à aujourd'hui. »

Artaud s'arrête, marque l'effet, se dirige vers le bureau en fond de scène pour boire un verre d'eau. Il se penche au-dessus de la carafe, hésite comme s'il s'agissait d'un bénitier empli de poison, et finalement se sert. Artaud surplombe Allendy. À les voir si proches, Anaïs sent combien tout les sépare, magie blanche frelatée du médecin, puissante et noire du poète, aux antipodes de l'âme. Artaud regagne le bord de l'estrade.

« La peste a rendu possible la formation inédite d'une surréalité. L'irruption d'un monde, car derrière le nôtre il en existe un autre, oblique ou tangent. Qu'est-il ? Nous ne le savons pas, sinon qu'il est comme un double, bien que n'agissant pas sur le même plan. Une fine membrane d'éther sépare les univers. Imaginez des couches de papier-peint qui transpirent la moisissure, au point qu'ils en viennent à se confondre. Selon le même principe de coagulation, la peste a rongé la membrane sur un point d'élection, favorisant la compression des plans. »

Que connaît Allendy du monde ? se demande Anaïs. Il y renvoie ses patients en leur conseillant une existence timide, et les retrouve dans son cabinet aux murs insonorisés, où rien de l'extérieur n'arrive. Comment lui accorder du crédit ?

« Par glissements successifs, l'hypermonde a infecté le nôtre sur tout le continuum, si bien que nous ne savons plus où ils commencent et finissent. La peste a corrompu nos cerveaux qui d'ordinaire filtrent les images et idées. Sous l'effet des bubons, l'esprit est devenu pareil à une vésicule biliaire, grosse à crever d'un liquide sombre et gluant. Il a alors produit des états affectifs durs comme la pierre qui ne pouvaient demeurer vagues et ne demandaient qu'à sortir. Une matérialisation de la pensée, en somme, dont l'extériorisation forcenée en tendances sourdes a entraîné une sorte de suggestion collective, cet envoûtement de l'anodin qui est un fait abondamment et chaque jour répété. »

Allendy, toujours assis derrière le fauteuil en velours, se dissimule et fait semblant de prendre des notes. Anaïs entend encore le crayon la croquer. Un voyeur, à l'existence bancale, qui aspire aux passions sans en avoir l'étoffe. Peut-être, en écoutant Artaud, comprend-il que son intelligence est en train de le tuer. Anaïs ne voudrait pas qu'Allendy meure, elle préférerait le voir vivre avec l'idée exacte de ce qu'il est.

« La peste de 17 h 20 nous a valu les seules descriptions authentiquement cliniques que nous possédions du fléau. Pourtant, l'autorité scientifique avoue son impuissance. Au lieu d'imaginer de nouvelles formules elle recycle l'ancien, pourquoi pas une pompe à bicyclette céleste afin d'insuffler de l'air frais ? Il manque un savoir pour expliquer le phénomène, cette science extrême que nous appelons de nos vœux. Toutefois, dès 1909, Maurice Renard exposait la situation dans son fameux essai "Du merveilleux-scientifique et sa compréhension de la peste affectant l'imagination". L'illustre écrivain, et savant à ses heures, y parlait de "développement scénique d'un paradoxe", de "paraphrase en action d'une métaphore", et envisageait la "mise en œuvre de solutions imaginaires". On le sait, le livre devint aussitôt un succès de librairie car tout le monde cherchait à comprendre, l'auteur donna même son nom à un prix littéraire. Et puis les années passèrent, les gens se firent à l'habitude, et le prix Maurice-Renard disparut en 1932. Les Parisiens ont appris à vivre avec la maladie. »

Osborn joue avec une pièce de trois dollars qu'il passe entre ses doigts, comme un illusionniste de cabaret. Anaïs a perdu le fil de la conférence, il ne faudrait pas qu'Artaud s'en rende compte. Elle a du mal avec les propos trop longs. Quand elle avait 16 ans, Anaïs a tenu une journée entière en ne prononçant que quatorze mots et demi. Dont plusieurs « oui », « non » et un long « Passe-moi le sel s'il te plaît » à son frère Thorvald vers qui était lancé le demi d'un gros mot étouffé. Depuis, Anaïs estime que l'on peut s'en sortir dans la vie ordinaire avec quatorze mots et demi. Seulement voilà, l'ordinaire d'Artaud en exige davantage. De quoi parle-t-il ?

« Pourtant, dans cette période particulière de désarroi, face à la recrudescence que nous traversons, comment oublier que la peste est anarchique, qu'elle engendre un désordre irraisonné qui nous rapproche du chaos ? La peste instille une déperdition constante du niveau normal de réalité, remet en cause tous nos repères. Sous l'action du fléau, les cadres de la société se liquéfient, les institutions se désagrègent. Quand le contrôle s'amoindrit, l'ordre tombe. Il n'y a plus de voirie, de police, l'huissier renonce à saisir, les plombiers honorent leurs rendez-vous. Il n'en faudrait pas beaucoup pour que le peuple de Paris fasse à Édouard Daladier ce qu'Héliogabale subit de ses sujets, le roi qui se voulait femme finissant égorgé dans ses propres latrines. Du trône au trône, le chemin va tout droit. »

Alors qu'ils descendaient la rue d'Albano à la rencontre, sans le savoir, d'Harlequin et ses palotins, Artaud lui a confié le plaisir qu'il trouve à se réfugier dans les boulangeries, ces lieux où rien n'arrive d'autre que la vente de pains ou de croissants, des endroits toujours blancs qui lui évoquent le calme des asiles psychiatriques.

« Certes, il ne manque pas d'initiatives pour contrer la magie civique. Ainsi du corps des poseurs de plaques. Dans le vocabulaire ferroviaire, on appelle *visiteur* celui qui donne des coups de marteaux aux essieux, pour repérer d'éventuelles fêlures dans l'acier, des pailles dans le métal également. Avec leurs disques en fonte brevetés au système Goumet, nos poseurs en visite localisent les excroissances maladives qu'ils crèvent au marteau et burin. Leurs plaques ralentissent l'expansion, donnent du sens aux trottoirs, protègent les sans-abri et les péripatéticiennes qui y dorment ou les arpentent. »

Anaïs a donc imprimé quelques moments de sa vie sur le sol de Paris. Elle devrait s'en réjouir, mais qui s'arrête pour lire les plaques ? Les gens marchent plutôt dessus, comme ils ignorent ses tentatives d'écriture. Il aurait mieux valu ne pas savoir.

« Mais cela n'amoindrit en rien l'énergie psycho-sexuelle secrétée en chacun, car il n'y a pas dans l'esprit de quartier réservé comme il y en a dans Paris pour les rapprochements sexuels clandestins. La liberté du sexe est anarchique et noire, comme l'est celle du théâtre. »

Anaïs songe à Pauline, suspendue à un tuyau en sous-sol par les poignets, son masque la privant de ses sens afin d'accéder à d'autres horizons. À travers la fente éternelle, disait Seabrook. En révélant des facultés nouvelles, peut-être est-il un bienfaiteur de la femme. Tout du moins des siennes, car June fait de sa vie un kaléidoscope et n'a pas besoin de lui pour aller voir ailleurs ; Anaïs réinvente dans son Journal un monde qui se dérobe.

« L'action du théâtre, pareille à celle de la peste, est bienfaisante, car elle pousse à se voir tels que l'on est. Elle fait tomber le masque, met au jour mensonge, veulerie, bassesse et tartuferie. Il faut de la vertu à l'acteur pour accepter en lui le rite qui l'éveille. »

Dos voûté, ses longs cheveux encadrant un visage marqué par l'usure, les yeux dilatés, Artaud devient autre chose. En accéléré, comme la croissance anormale d'une glande, se dit Anaïs. À mesure qu'il parle, ses molaires se déchaussent, tombent sur l'estrade en perles de dentier.

« Un bourgeonnement d'appétits pervers féconde son jeu. Le comédien n'a pas le temps de s'effrayer que sa tête se met à bouillir. Son pouls qui tantôt se ralentit jusqu'à devenir une ombre et tantôt galope, suit les mijotements de la fièvre créatrice. Sa respiration et sa diction s'en trouvent considérablement affectées. »

Anaïs sent qu'Artaud improvise. Il compose et exécute à la fois, comme les musiciens de jazz. Sidney Bechet, Duke Ellington, Anaïs les écoute au *Bricktop's*, le fameux cabaret situé au 66 rue Pigalle, tenu par la flamboyante Ada Smith, aux cheveux teints en orange, qui fume le cigare et se moque du chiqué des snobs. Anaïs aime le jazz car il lui rappelle son Journal. À partir d'un thème, sa vie, elle se lance dans l'improvisation tout en gardant le tempo, écrire au jour le jour.

« Des taches rouges parsèment son corps, qu'il ne remarque qu'une fois nu dans la loge. Ses intestins, qui sont le lieu des désordres les plus sanglants, où les matières parviennent à un degré inouï de putréfaction, se soulèvent en une conflagration violente.

— Proouuuuuuuuuuut ! »

Quelqu'un dans la salle a fait un énorme bruit de pet, l'auditoire en a le souffle coupé. Anaïs se retourne, voit Osborn et les employés de la Jabberwhorl Cronstadt malaxer des coussins péteurs de manière mécanique, sans aucune expression sur leurs traits. Le président de la Rubber Balloon, lui, est au bord de l'extase tandis qu'Artaud bégaie.

« A… alors, au bout de l'illogisme, une fatigue atroce s'empare de l'acteur. Le théâtre comme la peste est une crise qui secoue l'inertie asphyxiante et se dénoue par la mort ou par la guérison.

— Proouuuuuuuuuuut ! »

La conférence suit une courbe tragique calquée sur le destin d'Artaud qui semble mâcher de l'air puis s'effondre sous les huées et tressaute comme un réveille-matin détraqué. On croirait au pire, une femme embijoutée se penche vers Anaïs, lui demande si elle connaît l'intervenant, si elle le connaît *vraiment.*

« Personne ne mérite d'assister à ça, vous l'admettez ? »

Anaïs l'ignore, elle n'a pas l'intention de lui tenir le crachoir. Les gens rient, commencent à siffler, certains paraissent hébétés, d'autres s'effondrent en larmes que l'on dirait de joie comme si, soudain, ils étaient soulagés. Puis le brouhaha décroît et le public se fond en une masse sombre où percent des visages roses et des mains qui auraient dû applaudir. Tous finissent par s'en aller sans qu'Allendy fasse rien pour les retenir.

Dans l'amphithéâtre vide, Anaïs assiste jusqu'au bout à l'agonie d'Artaud.

Le rire aussi est contagieux.

2.

Anaïs et Artaud quittent la Sorbonne. Comme souvent, l'aube a annoncé bien des promesses. À cette heure, le jour n'en a tenu aucune. Il commence à pleuvoir, Artaud marche le long du boulevard, mains dans les poches, ses cheveux plaqués sur les joues, pareils à du goémon. Anaïs voit combien son compagnon est blessé, atteint par les moqueries. La pluie redouble, les passants se précipitent chez eux ou se réfugient en embuscade sous une porte cochère.

« Si nous allions à *La Coupole* ? » propose Anaïs.

Ils vont sans un mot jusqu'à la brasserie Art déco, tout en miroirs et piliers décorés. Anaïs prend place sur une banquette rouge, Artaud paraît se cacher derrière un géranium et commande un blanc gommé.

« Un grog pour moi. »

Anaïs observe le bar américain. Elle n'y a jamais vu une femme seule, uniquement des consolatrices, bienveillantes ou tarifées. Le serveur revient avec leurs consommations puis s'en retourne, élégant dans son long tablier blanc.

Soudain Artaud explose, le visage enflammé par l'indignation :

« Quelle laideur dans le public ! Cette immobilité baveuse qui suppure en sarcasmes et basses plaisanteries, j'en sors avec l'impression d'un désastre. »

Artaud n'aime pas le rire. Pour lui il est une fraude, la fausse carte qui brise le jeu. Hugo pense plus ou moins pareil.

« Ah, ça, pour une belle dégringolade ! Ces gens voulaient entendre une conférence sérieuse sur le théâtre et la peste. Une causerie comme il s'en donne en matinées, pas trop compliquée. On attendait des clartés, alors que moi, je voulais partager l'expérience de la maladie. C'est l'agonie que j'ai montrée, la mienne et celle de tous ceux qui vivent, pour les sortir de leur inertie asphyxiante, qu'ils soient terrifiés et se réveillent. Il faut croire que j'ai échoué, et que l'humanité est morte, simplement elle l'ignore.

— Leur hostilité prouve que vous les avez troublés, lui assure Anaïs. Je pense, qu'au fond, elle a porté. »

Artaud soupire d'un air amusé.

« André Breton, qui m'a tant fait suer, est dépossédé de son chahut par les hommes de pouvoir. Le surréalisme réduit à un produit exploitable, destiné à la bestialité des masses. J'apprécie assez. »

Anaïs regarde la pluie qui frappe les vitres. Les gouttes glissent en sillons, comme des chemins de vie. La sienne y figure peut-être, parmi tant d'autres. Est-ce le hasard qui les régule, ou une intelligence cachée ? Anaïs comprend que Richard Osborn et la Jabberwhorl Cronstadt sont venus provoquer quelque chose. Une insurrection de bonne santé, leur objectif est atteint, Paris est guéri de sa folie.

« Je crois que la ville que nous aimons a disparu, dit-elle. Paris est désormais comme une fête de second ordre. »

Artaud approuve et renchérit :

« Il me rappelle cette camelote de Paris que les autorités avaient fait bâtir en 1917, sur la boucle de Seine entre Maisons-Laffitte et Conflans-Sainte-Honorine. Un semblant de capitale pour détourner les bombardements allemands. »

Anaïs l'imagine peuplé de faux parisiens, à quoi ressembleraient-ils ?

« À tout prendre, mourir d'une bombe ou de la peste est moins grave que vivre dans la médiocrité, dit-elle. Si nous y restons, c'est ce qui nous attend. »

Artaud grogne une sorte d'acquiescement et boit son vin comme on s'enfile un purgatif.

« C'est la rouille de la vie, nous avons tous besoin de repos », lâche-t-il.

Une époque s'achève, un style de vie qu'Anaïs ne connaîtra jamais plus. Certains sont déjà partis, June la première, avertie par son instinct. Seabrook s'est fait admettre dans un institut psychiatrique du comté de Westchester près de New York. Anaïs se demande ce qu'il en est de Pauline, ce qu'il adviendra de ses amis chers. Probablement deviendront-ils des souvenirs plaisants, elle ne souhaitera pas les revoir.

« Saviez-vous qu'Henry Miller va quitter son cher Clichy pour aller habiter dans le quatorzième arrondissement ? dit-elle.

— Où ça ? demande Artaud.

— Rue de la Tombe-Issoire, dans une impasse, au 18 Villa Seurat.

— Incroyable, j'y ai vécu ! Après tout, l'irréel continuera peut-être d'attirer ses fervents. »

Anaïs en doute. Elle a traversé tous les quartiers de Paris, respiré ses mille odeurs, jusqu'à ne plus sentir la ville.

« Je ne suis pas heureuse ici, j'y ai perdu trop de temps.

— Si vous ne supportez plus votre ancienne demeure, choisissez-en une nouvelle », répond Artaud.

Ces derniers temps, Anaïs fait souvent le même rêve. Elle tombe sur une annonce dans les journaux, *Péniche à louer*. L'embarcation est à quai, pile entre la rive gauche et la rive droite, comme un résumé d'existence. Elle l'éloigne de Paris, l'emporte au gré des mouvements du fleuve, à vent favorable, lors d'un voyage qui dure vingt ans. Une fantaisie douce-amère, celle d'un signe d'eau, Anaïs est Poissons, qui lui rappelle sa traversée en paquebot vers l'Amérique.

Elle se confie à Artaud :

« J'aimerais trouver une jolie péniche rouge vif, à la lessive tendue sur le pont, des pots de fleurs que l'on arrose et une minuscule cuisine avec un fourneau à charbon. Tout serait un peu de travers et je m'y sentirais à l'abri, sans que personne ne sache où je suis. »

Artaud hoche la tête.

« Vous devriez appeler votre péniche Nanankepichu. En langue quechua, cela signifie *la non-maison.* »

Anaïs est ravie, reconnaissante, elle aime déjà cette réalité qui n'est pas encore advenue.

« Je crois qu'il faut écrire pour créer un monde dans lequel on puisse vivre, dit-elle, et je veux lui donner une vie parfaite.

— Je finis mon service, si vous pouviez régler ? »

Artaud lance au serveur un regard d'assassin hindou. Anaïs ouvre son porte-monnaie, mais il la devance et jette sa pièce en or de trois dollars sur la table.

« Laissez, de toute façon elle n'aura bientôt plus de valeur. Et sur cette note de compréhension mutuelle, je crois que je vais vous dire bonsoir. »

En sortant, Artaud prend à droite. Anaïs ne voit aucun poseur de plaques.

3.

Lorsqu'une période s'achève, la maison meurt. Un temps, Anaïs a eu besoin d'une existence ordonnée, confortable, tout ce qu'elle fuit en tant qu'artiste. Un bonheur qui sent le renfermé. C'est pour cela, peut-être, qu'en persan, le mot paradis désigne un enclos. Louveciennes prend fin, c'est un peu douloureux. Mais, depuis petite, Anaïs sait ce que l'on éprouve à quitter un endroit. Hugo comprend mais ne veut pas s'en occuper. Il aurait préféré que sa femme change, plutôt que leur vie.

Comme si elle feuilletait le Journal, Anaïs va d'une pièce à l'autre. Chacune conserve un souvenir lié à sa couleur, rouge de laque pour la fougue, turquoise pâle pour la rêverie, pêche pour la douceur. Gris pour l'écriture, ces temps-ci elle se limite à dresser la liste des choses à faire :

Contacter Marius Battedou, entreprise de courses & déménagements,

Prévenir le bureau de poste qu'il fasse suivre le courrier,

Faire réparer le chauffe-eau,
Commander des housses,
Nettoyage à fond,
Dépoussiérage des tapis,
Trouver un ramoneur,
Appeler le serrurier,
Téléphoner aux antiquaires.

« Bonjour, pourriez-vous passer voir quelques meubles anciens que je souhaite vendre ? »

Anaïs veut que tout disparaisse, les tables incrustées de mosaïque, la cheminée trouvée aux Arts-Décoratifs, et même son lit mauresque, serti de cuivre et de nacre, sur lequel elle a tant écrit. Les objets perdent leur éclat s'ils n'accompagnent plus une vie, et il faut abandonner ce que l'on n'est plus. Bon débarras.

Anaïs hait les pièces silencieuses. Une dernière fois, elle ouvre un tiroir puis l'autre, entend la voix d'Allendy, d'Artaud, Henry et son accent de Brooklyn, le timbre chaud de June, son frère Joaquín qui joue *L'Isle joyeuse* de Debussy.

Anaïs sent l'arôme du café fraîchement passé, la cire des meubles qu'Emilia s'obstine à faire reluire, bien qu'elle sache que Madame n'est plus intéressée. Les odeurs s'évanouiront, la maison en trouvera de nouvelles avec ses prochains occupants. Pareil pour les secrets, les joies et les peines.

Anaïs éteint les lumières, ferme les portes. Banquo quitte le fond du jardin, son endroit préféré, là où coule un mince filet sous le petit pont japonais. Il ne reste que la maison posée sur ses racines de pierre.

Des moments sans heure, Anaïs a pourtant la conviction qu'ils doivent figurer dans le Journal. Elle aimerait y écrire le mot *Fin* mais il est comme la vie, une œuvre inachevée.

Les cloches de l'église sonnent. Le silence de Louveciennes, Anaïs est déjà loin.

4.

« dring dring dring la cloche du diné, je dois terminé. À ce soir. »

Anaïs Nin, 11 ans, 3 janvier 1915, *Journal n° 1*

Remerciements

À Anaïs Nin, Antonin Artaud, Henry Miller, William Seabrook et June Miller dont j'ai employé la parole. À Ralph Schor, Deirdre Bair, Matt Wagner, Lawrence Block, Pierre Assouline, Jean Bothorel, Carola Strang, Serge Lehman, Sophie Vallez, Milie von Bariter et le Collège de 'Pataphysique, François Angelier, Jean-Maurice de Montremy, Laure Defiolles.

ROMANS PARUS CHEZ ALMA ÉDITEUR

*

Paul Andreu, *Kaléidoscope*
Sergio Aquindo, *Bête à gravats*
Lucas Belvaux, *Les Tourmentés*
Camille Brunel, *La Guérilla des animaux*
Camille Brunel, *Les Métamorphoses*
Camille Brunel, *Ecatepec*
Martial Cavatz, *Les Caractériels*
Stéphanie Chaillou, *L'Homme incertain*
Marie de Chassey, *Ce qu'il reste à faire*
Marie de Chassey, *Ethel Aden*
Hadia Decharriere, *Formol*
Alain Giorgetti, *La nuit nous serons semblables à nous-mêmes*
Alain Giorgetti, *Massif*
Lenka Horňáková-Civade, *Giboulées de soleil*
Lenka Horňáková-Civade, *Une verrière sous le ciel*

Lenka Horňáková-Civade, *La Symphonie du nouveau monde*
Lenka Horňáková-Civade, *Un regard bleu*
Marie Maher, *Pour la beauté du geste*
Marie Maher, *Klaus Klaus*
Marie Maher, *Faire sans*
Patrick Martinez, *Ligne de basse*
Patrick Martinez, *Lui seul*
Xavier Mauméjean, *American Gothic*
Xavier Mauméjean, *Kafka à Paris*
Xavier Mauméjean, *La Société des faux visages*
Xavier Mauméjean, *El Gordo*
Karin Serres, *Les Silences sauvages*
Karin Serres, *Quelques moments sans gravité*
Karin Serres, *Rose immobile*
Avril Ventura, *La Meilleure Part d'eux-mêmes*
Juliette Willerval, *Sur la plage*

RÉALISATION : NORD COMPO À VILLENEUVE-D'ASCQ
IMPRIMERIE NORMANDIE ROTO S.A.S À LONRAI
DÉPÔT LÉGAL : OCTOBRE 2025. N° : 160391-02 (2504598)
IMPRIMÉ EN FRANCE